この恋が偽りでも

ャノン・マッケナ
新井ひろみ 訳

HI… …ENT

Tra… …Arai

mira

HIS PERFECT FAKE ENGAGEMENT

by Shannon McKenna

This edition is published by arrangement with Harlequin Books S.A.

Published by K.K. HarperCollins Japan, 2021

この恋が偽りでも

おもな登場人物

ジェンナ・サマーズ――科学者
マイケル・ウー――両腕を失った少年
ドリュー・マドックス――建築事務所のCEO
エヴァ・マドックス――ドリューの妹
マルコム・マドックス――ドリューの伯父。建築事務所の創始者
ハロルド・マドックス――ドリューのいとこ
ヘンドリック――マルコムの共同経営者
ベヴァリー――ヘンドリックの妻
アーネスト――エヴァのアシスタント

1

「ですからそれは、はめられたんです」

気難しいうえに短気な伯父を相手にするときは、こちらは静かに淡々と話すに限る。ドリュー・マドックスは経験上、そう心得ていた。しかし今日は、何をどう言っても伯父には通じなかった。

「わが社にとって大打撃であることに変わりはない！」マルコム・マドックスは薄っぺらなタブロイド誌の束をわしづかみにすると、会議用テーブルに叩《たた》きつけた。「おまえがコカインか何かをやって、女子高生みたいな娘と破廉恥な行いに及んでいる――誰の目にもそう映るに決まっている写真だ。そもそも、なぜあんな悪名高い人物の家へ行った？　いったい何を血迷った？」

ドリューは吐息をつき、心の中でゆっくり数を数えた。週刊誌に載った写真には確かに彼が写っていた。シャツの前をはだけ、ソファにだらしなくもたれかかっている。表情はうつろで目の焦点が合っていない。彼の膝にまたがっているのは、革のミニスカートを穿《は》いた若い娘だ。肌に張りつくシルバーのトップスから、たわわな胸の大方がはみだしている。

「友人が困っていたんです」ドリューは同じ台詞《せりふ》をまた繰り返した。「ソーベル邸で開かれるパーティーに妹が参加するようで心配だけれど、無関係な自分が入り込むわけにいかない、と。それで、ソーベルと昔つき合いのあったぼくが、姉に代わって妹の様子を見に行ったわけです」

「今夜、おまえはわたしたちと食事をするのだったな。ヘンドリックとベヴも一緒だ」怒気をみなぎらせてマルコムは言った。「それは頭をよぎりもしなかったか？　こんな醜態をさらす前に」

「予定は覚えていますよ、もちろん」ドリューは答えた。

伯父マルコムの古くからの同志であり、この会社、マドックス・ヒル建築設計事務所の共同設立者でもあるヘンドリック・ヒル。真面目一徹の堅物ではあるが、ドリューは彼のことが嫌いではなかった。

「当然ながらベヴは美容院で雑誌を手にし、知ることになる。アーノルド・ソーベル邸の乱交パーティーにおいておまえがどんな醜態をさらしたか！」マルコムは人差し指で雑誌をついた。「ポルノグラフィーまがいの写真の中に、夫が創り上げた会社の現ＣＥＯの姿を発見するんだ。卒倒したとしてもおかしくない」

「乱交パーティーではありません。それにぼくは――」

「ヘンドリックはああいう男だ」マルコムは唸《うな》るように言った。「このわたしにまで説教しおる。倫理がどうの道徳がどうのとな。ヘンドリックにしてみれば、建築賞を総なめにしようがなんだろうが関係ない。ズボンのファスナーが緩い男は最低というわけだ。今回のことでおまえはわが社の大きな負債となったも同然。ヘンドリックが取締役会に働きかけ、残りのメンバーが同調すれば、おまえは失脚する。わたしが何を発言しようと多勢に無勢だ」

「わかっています。しかしこれは何者かが周到に仕掛けた罠《わな》なんです。ぼくは騙《だま》されてパーティーに出た。食い物にされたんだ」

「この写真はおまえが女を食い物にしているようにしか見えんがな」マルコムは吐き捨てた。「おまえが解任されれば施主のあいだにも動揺が走るだろう。マドックス・ヒルの信用はがた落ちだな！」

はめられたんです。また同じ台詞を口にしかけたが、ドリューはこらえた。いくら繰り返したって伯父は聞く耳を持たないのだ。今は黙っていたほうがいい。

結果的に会社の評判が落ちようとも、あのときのドリューにほかの選択肢はなかった。

ライサは、妹のレティシアが誰かに連れられてパーティーへ行こうとしているのを知った。アーノルド・ソーベルが開くパーティーについてはあれこれと噂《うわさ》が聞こえてくる。妹が酔っ払いやヤク中の餌食になるのではないかとライサは心配になった。

忠告するべく妹に電話をかけるも通じない。何度かけても通じない。不安は膨らみ、ライサはいても立ってもいられなくなった。もしドリューが引き受けなければ、ライサ自身が——銃を片手に——アーノルド邸に乗り込みかねない様子だった。

そうなれば悲惨な結果に終わるのは目に見えていた。ライサにとってはもちろんのこと、おそらくは誰にとっても。

だからドリューが動かないわけにはいかなかった。

あとからわかったが、実際にはレティシアはパーティーに参加などしていなかった。ライサとドリューはまんまと踊らされたというわけだ。そして敵の狙いは、はじめからドリューだったのだ。

そんな事情に伯父は耳を貸そうとしない。

「はめられたんです」言っても無駄だとわかっていながら、繰り返さずにはいられない。

「写真はでっち上げです。すべてお膳立てされていたんですよ」

「わたしは怠け者が嫌いだ。世界は楽しむためにあるなどと勘違いしている輩《やから》がな。だがそれ以上に我慢ならないのは、おのれの過失を潔く認めない卑怯者《ひきょうもの》だ」マルコムはがなり立てた。「はめられただと？　仮にも元海兵隊員のおまえが、半裸の小娘どもにしてやられたとでも言うのか？」

ドリューの妹であるエヴァが口を開いた。「伯父さま」取りなすように言う。「兄さんは卑怯者じゃありません。ちょっと頑固で、ときには暴走もするけど、責任は取るでしょう？　だいたい、その写真は不自然よ。女性たちが待ちかまえていたみたいにポーズを取って――」

「わたしにはおぞましい乱交パーティーにしか見えん！」

「だから、そう見えるように撮影しているんですってば。騙されてはだめ」

「いずれにせよ、わたしが心血を注いだ会社の行く末など、おまえの兄には知ったことではないらしい。ヘンドリックがその気になればＣＥＯの座を追われるんだぞ。わたしの力も及ばない。さっさと履歴書の準備を始めるがいい、ドリュー。今日からおまえは求職者だ。今夜は男らしくヘンドリックと向き合え。そして裁決が下るのを待つんだな。ヘンドリックはともかく、わたしからこれ以上言うことはない。金輪際、おまえの戯言《たわごと》にはつき合わん」

マルコムは歩きだした。杖《つえ》の音がことさら高く響きわたる。最後にあてつけのようにドアを叩きつけたが、最新式の油圧ヒンジのおかげでそれは彼の背後でゆっくり閉まり、かちゃりと小さな音だけがした。

ドリューはうなだれ、疼《うず》くこめかみを揉《も》んだ。「今夜の会食はパスだな」疲れた声で言う。「また同じ釈明を繰り返したってむなしいだけだ。今日の分の屈辱はもうじゅうぶん味わった」

「だめよ。会食に出ないなんて、自分にはやましいところがありますって言ってるようなものじゃない」エヴァは思案顔になった。「出るのよ、兄さん。わたし、いいことを思いついたわ」

ドリューは警戒の色をあらわにして妹を一瞥《いちべつ》した。「これ以上ぼくを疲れさせる何かが起きるとしたら、それがおまえの言う〝いいこと〟なんだろうな」

「そんなに弱気になってどうするの」エヴァは兄を叱咤《しった》した。「この会社のトップは兄さんじゃなきゃだめなのよ。兄さんはマドックス・ヒルの新しい顔なんだから。というか、建築業界の、だわね。革新的な低炭素建築のビッグプロジェクトをいくつも率いるなんて、ほかの人には絶対できっこない。受賞歴だって、ユネスコの持続可能《サステナブル》建築大賞でしょ、アメリカ建築家協会環境委員会大賞でしょ――」

「ぼくの経歴をぼくに売り込んでくれなくてもいいよ、エヴァ。履歴書に何を書くべきかは自分でわかってる」

「あと、グリーンアカデミーコンペティションも。これって、エコロジカルな建築に与えられる代表的な賞よね」エヴァは熱弁をふるう。「だから兄さんは、そうね、ミスター・直交集成板《クロス・ラミネーテッド・ティンバー》（ひき板を接着した新素材。木材を有効活用できる）ってところかな。サステナブルな最新建材を自在に操る地球の救世主。兄さん抜きじゃマドックス・ヒルは生き残れない。見ていて。最後には、みんなこぞってわたしに感謝するから」

妹の自信満々な口ぶりにもドリューは驚かなかった。きらきらと波打つ金髪にコバルトブルーの大きな瞳。モデル並みのスタイル。人を惹《ひ》きつける個性。どこまでも高い自己肯定感。それらすべてを備えたエヴァは、難なく人を——とりわけ男たちを、意のままにできる。

ただし、ドリューだけは例外だった。なんのかのと言っても、彼にとってのエヴァは、いつまでたっても小さな妹なのだった。

ドリューはまだ実感が湧かずにいた。今日一日で、いったいどれだけのものを失うことになるのだろうか。進行中のプロジェクトはすべて自分の手を離れるだろう。中でも心残りは、マドックス・ヒル財団のロボット工学研究部門と共同で進めてきた〝ビヨンド・アース・プロジェクト〟だ。月および火星において何が人類の居住を阻んでいるのか、それを突き止め解決しようというこのプロジェクトには、大勢の若き建築家やエンジニアが熱心に取り組んでいる。

父親が生きていたら、目を輝かせるに違いないプロジェクトだった。夢想家の父が生きていたら。

「なにも兄さんに、伯父さまやヘンドリックを懐柔しろとは言わないわ。その重責は兄さんのフィアンセに担ってもらいましょう。兄さんはその横で、食事しながらにこにこ笑ってうなずいていればいいの」

「フィアンセ？」ドリューは戸惑った。「今夜の会食が始まるまでにフィアンセを見つけろってか？　それはずいぶんと高いハードルだな、エヴァ。百歩譲ってぼくがプレイボーイだと認めるにしても――」

「違うの、それはもう見つかってるの。伯父さまがわめいてるあいだに、わたし、ひらめいたのよ。でっち上げにはでっち上げで対抗すればいい。完璧なでっち上げでね。しかも彼女、たまたま今日はすぐ近くにいるのよ！」

「いったいなんの話をしてるんだ？　彼女って？」

「だから、兄さんのフィアンセだってば」

ドリューはすぐには言葉が出なかった。「冗談だろう？　そうだな、エヴァ？」

「ううん！　もちろん、期間限定ではあるけど。ほとぼりが冷めるまで、そうね、二、三カ月ってところかな。兄さん、一度彼女に会ってるわよ。ほら、わたしがシアトルの寮にいたとき、兄さんが来たじゃない。休暇でイラクから戻ってて。あのときルームメイトのジェンナに会ったの、覚えてない？」

「小柄な眼鏡の子？　赤みがかった金髪の？　ピッチャーをひっくり返してぼくをサングリアまみれにした？」

「それそれ。わたし今日、会う約束をしてたの。彼女がカーティス・パビリオンでウェクスラー賞のプレゼンをする前に。だけど伯父さまがあんなだったから、わたしがなだめなきゃと思って、彼女のほうはキャンセルしたのよ。まあ、結果的にあんまり意味はなかったけど」

「プレゼン？」

「ジェンナの専門は生体工学なんだけど、三年前に起業したのよ。今は人工装具を作ってるわ。主に義手をね。人工神経を通じて脳からの信号をキャッチし、さらには感覚がフィードバックされるっていう、最先端の義手よ。わたしが広報を請け負ってるんだけど、このたび彼女が医用生体工学分野における最高の賞、ウェクスラー賞にノミネートされたのね。で、審査委員たちへのプレゼンテーションが今日だったわけ。困っている誰もが、金銭的に無理することなく高性能な義手を使える社会――ジェンナが目指しているのはそこなの。頭がよくて、ひたむきで、優しくて……要するに、完璧。非の打ちどころがない女性よ」

「いや、でも」ドリューは困惑しつつかぶりを振った。「ぼくのフィアンセのふりをしてくれなんて頼めるか？　彼女が引き受けてくれたとしても、世間が信じると思うか？　そもそも、そんな偽装をしてなんの意味がある？」

「みんな信じるわ。そして大歓迎する。わたしに任せておきなさいって、お兄さま。こういうのはわたしの得意とするところだから」

「ぼくはいやだね。そんな大それた嘘をついたら、ばれないように始終、気を張ってなきゃならない」

「毒をもって毒を制す、よ」エヴァは厳《いかめ》しい顔をして言った。「大胆な作戦に打ってでるのは怖い？　会社が傾くのを指をくわえて見てるほうがいい？　誰かが嘘っぱちのドリュー・マドックス像を作り上げて兄さんを貶《おとし》めようとしてるのよ？　ちやほやされていい気になって、若い娘をもてあそぶ建築界のサラブレッド、なんてね。ばっかみたい。わたしの案のほうが断然いいわよ。数々の浮き名を流してきた天才建築家が真実の愛を知り、突如として彼のうちで社会的良心が目覚め――」

「社会的良心はすでに備わっている」ドリューはむっとして言った。

「いいから、黙ってて。ブレーンストーミングをしてるんだから。心の空洞を秘め享楽に身を委ねていたプレイボーイが、眼鏡の似合う才女に恋をした。愛が彼に謙虚さを知らしめた。うん、これでいこう」

「空洞？　ぼくの心に空洞があったのか？」ドリューは呆《あき》れたように片眉を上げた。「それは知らなかった」

「観念しなさい、兄さん。いい？　その女性は義手を作っている。腕を失った親たちがふたたびわが子を抱きしめられることを願って。ね、わかる？　情よ。絆《きずな》よ。人はみんなそれを求めているの」

「理屈はわかるが、やはり正気の沙汰とは思えない」

エヴァはテーブルに置いてあったタブレットを手に取ると、何度か画面をタップしてドリューのほうへ向けた。「アシスタントに、代わりに行ってもらったの。カーティスへね。ジェンナのプレゼンの動画、もう送られてきたわ。見て」

円形ステージに女性が立って、スポットライトを浴びている。今、シアトルで話題の最先端高層建築、カーティス・パビリオン。設計したのはドリューだ。女性はヘッドセットをつけている。ほどよく体に沿ったグレーのワンピースは膝上丈で、きれいな脚をしているのがよくわかる。ストロベリーブロンドの髪をねじってアップにしているが、カールした癖毛がシニヨンから四方八方へ飛びだしている。眼鏡をかけているのは変わらないものの、昔と違ってフレームの形はキャッツアイスタイルで、色は目が覚めるようなネオングリーンだ。

ドリューはタブレットを手に取った。カメラが彼女の顔に寄っていく。ほっそりした顎。瞳ははしばみ色。頬にはそばかす。見るからに柔らかそうな、ふっくらとした唇。その下のセクシーなくぼみ。口紅は艶のある赤だった。ドリューは音声を聞くべく画面をタップした。

「……この新たな神経接合が、リアルな知覚へ続く扉を開いてくれるのです。たとえば絵筆を持つ、子どもの髪を編んであげる、バスケットボールをドリブルする。どれもわたしたちにとってごく当たり前の動作です。でも本当は、これらは驚異的と言っていいほど複雑かつ繊細な動きなのです。日々、奇跡が繰り返されているのです。この奇跡が、誰にとっても手の届くものであってほしい。それがわたくしの願いです。ご静聴ありがとうございました」

盛大な拍手が沸き起こった。ドリューは音を消し、エヴァにタブレットを返した。

「社名は〈アームズ・リーチ〉というの。これまでにもいろんな賞をもらってるわ。直近では、人工知能とロボット工学の融合国際賞。賞金は百万ドル。だけどまだまだ足りないの。ジェンナの義手を使うためには神経の特殊な手術が必要なんだけど、金銭的な負担なくすべての患者がそれを受けられるようにしたいんですって。あ、それから彼女、美人よ。お気づきだとは思いますけど」

「いいか、エヴァ。彼女は、本当に困っている人々を本気で助けようとしているんだ。おまえの企《たくら》みにつき合ってる暇なんて、あるわけがない」ドリューはタブレットから目を離さずに言った。「今の動画、ぼくに送っておいてくれ」

「了解」画面をタップするエヴァの口もとには笑みが浮かんでいた。「送ったわ」内線電話の受話器を取る。「ミセス・クレイン？　ミズ・サマーズはそこにいる？　そう、よかった。ええ、お通しして。ありがとう」

「ジェンナ・サマーズが来てるのか？」ドリューは驚いた。「エヴァ、ぼくはまだ一言も――」

「彼女はすでにここにいるのよ。うだうだ言うだけ時間の無駄でしょ。彼女にとっても、こっちにとっても。そう思わない？」

ドアがノックされた。

「入って！」エヴァが高らかに言う。
ドリューが妹の問いかけに答えている暇はなかった。
ドアはすでに開きはじめている。

2

ジェンナは白髪《はくはつ》の受付係に従って歩を進めた。三階分の吹き抜けになったオープンスペースを見下ろすキャットウォークだ。壁一面に取られた窓からは、シアトルの高層ビル群が一望できる。そこから折れた先は、いっさいの飾り気が排された通路だった。壁面は艶のある板張り。勾配天井の天窓から斜めに光が差している。

シアトルの一等地にそびえるマドックス・ヒル建築設計事務所の新社屋は、時代の最先端をいく建物として有名だった。環境に優しくサステナブルな木製の建材が、最大限に使われているという。一度じっくり見学してみたいものだとジェンナは前々から思っていた。入ってみると予想どおり高級感あふれる空間ではあったが、温かく親しみやすい心地がするのは、木の効用に違いなかった。スチールやコンクリートではとてもこうはいかないだろう。ドアが開放されたオフィスをちらりと覗《のぞ》くと、床から天井まである窓が見えた。刻々と色合いを変える大都会の空と摩天楼はまさに絶景だ。世界に名だたる建築設計事務所は、どこまでもジェンナの期待を裏切らなかった。

　そのすばらしさに感嘆する一方で、ジェンナは少し残念でもあった。強引にここへ呼ばれるのではなく、やはりエヴァとはカーティス・パビリオン近くのカフェで会いたかった。本番前に要所だけでも彼女相手に予行演習できると思えば、ずいぶん心強かったのだ。鋭い耳を持つエヴァは、つまらない、くどい、説得力がない、などなど、スピーチの欠点をいつも容赦なく指摘してくれるから。

　でも、今さら言ってもしかたない。ぶっつけ本番でもなんとかなったし、あとは祈るだけだ。ウェクスラー賞の賞金額は大きい。五十万ドルあれば研究はかなり進み、目標達成と夢の実現が、ぐっと近づくことだろう。

　エヴァがジェンナをここへ呼んだのは、単にマドックス・ヒルの社屋を自慢するためだったのかもしれない。彼女の伯父であるマルコム・マドックスはこの会社の共同創設者の一人であり、新社屋を設計したのは彼女の兄だ。今をときめく天才建築家、ドリュー。建築界のやんちゃ王子、ドリュー。

　マホガニー材のドアの前で受付係が立ち止まり、ノックをした。

「入って！」エヴァの声が返ってきた。

　先にちらりと覗いたオフィス同様、傾斜のついた大きな窓が並ぶ部屋だった。そしてやはり、息をのむような絶景。輝く夕陽《ゆうひ》が雲をピンク色に染めている。エヴァがジェンナを見てにっこり笑うと同時に、テーブルに着いていた男性が立ち上がってこちらを向いた。ジェンナの動きが止まった――息も一瞬止まった。

ドリュー・マドックス、その人だった。ＩＴ業界の大物、アラブの石油王、ハリウッドの大スターなどなど、超がつくお金持ちを多数顧客に持つ建築家であり、目下はセックススキャンダルの渦中にいる、エヴァの兄。

さらに言うなら彼は、ジェンナが長年想《おも》いつづけた初恋の人でもある。そう、ジェンナの理想はあくまで高いのだった。

ドリュー・マドックスに会うのは学生寮で起きたサングリア事件以来になる。あのときジェンナは、慌てふためいて現場から逃げだした。バケツとモップを手にして戻ったときには、彼はもうそこにいなかった。バイクの爆音を響かせながら、夕陽に向かって走り去ったドリュー。まっしぐらにジェンナの心に走り込んできたドリュー。心だけでなく、いつかはこの身も捧《ささ》げたい。そんな願いが芽生えた瞬間でもあった。

理想の男性はドリュー・マドックス。その思いはずっと変わらなかった。どんなときにも。

彼は相変わらずすてきだった。いや、いちだんと魅力的になっていた。十一年という歳月が、魅力に深みと重みを与えていた。体までもが、記憶にあるより大きくなっていた。すごく背が高い。広い肩幅に締まった腰。張りつめた太腿。スラックスに白いシャツ、シルクのタイも、ドリュー・マドックスがまとうとどこか危うい香りを漂わせている。

なんて端整な顔立ちだろう。オリーブ色の肌も黒い髪も艶やかで、吊《つ》り気味のグリーンの目を縁取る睫《まつげ》は、男の人とは思えないぐらい濃くて長い。高い頬骨、がっしりとした顎、厚めの唇、力強いラインを描く黒い眉。これでは女のほうから抱きつきたくなるのも無理はない。本日発売のタブロイド誌に彼と載っていた女性たちを、ジェンナは責める気になれなかった。

ようやく彼から視線を剥がしてふとエヴァを見ると、笑いをこらえきれないような顔をしていた。

いやだ。彼に見とれているのがばれていた。そしてもちろん、今のわたしは赤い顔をしているはず。色白のジェンナにとって、そばかすと頬の紅潮はどうすることもできなかった。

「兄のドリューよ、覚えてる？」

「もちろん」ジェンナはにっこり微笑《ほほえ》もうと努力した。「寮の部屋でお会いしたわ。わたしがサングリアを浴びせかけたのよね」

「そうだったね」深い響きがきれいな、低い声だった。「あのときは体中べたべたになってまいったよ」

「今日のプレゼンの話をしてたの」エヴァが言った。「アーネストに撮ってもらった動画、兄にも送ったわ」

ジェンナは焦った。あのスピーチをドリューに見られた？　歯に口紅がついていたりしなかっただろうか。

「入って、入って」エヴァが促す。「ミセス・クレインに飲み物を持ってきてもらいましょう。コーヒー、紅茶、それとも炭酸？　そうだ、フレッシュジュースにする？　ここ、ジュース・バーがあるのよ」

「おかまいなく。飲み物は結構よ」

「座って、ジェンナ。あなたに質問があるの」

「ええ、いいけれど……」ジェンナはどきどきしながら腰を下ろした。ドリューはこちらに背を向けて窓辺に立ち、茜《あかね》色の夕焼け空を眺めている。

固く締まった完璧な形のヒップから、ジェンナは意志の力を振り絞って視線を引き剥がした。「何を知りたいの？」

「その……なんて言えばいいのか」エヴァはちらりとドリューを見やり、またジェンナに目を戻した。「会社の大幅イメージダウンに繋《つな》がりかねない事態が起きてしまって。あなた、今日発売のタブロイド誌なんて見てないわよね」

「オンラインで見出しだけはちらっと目にしたわ」まったく知らないふりはできなかった。

「記事は読んでない。あんなくだらない雑誌、真剣に読む人なんかいる？」

心にもないことを言った。本当は、彼に関する記事を四本も貪り読んだ。穴が空くほど写真を見つめた。ドリュー・マドックスみたいな男の人が、シリコン製の巨乳を誇るパーティーガールたちのどこに惹《ひ》かれるのか。コーヒーが冷めるまで写真を凝視しても、わからなかった。男という生き物は不可解だ。

〝若手大物建築家、おイタがばれる！〟ある記事の見出しはそんなふうだった。添えられた写真の中では、ドリューの恋人と噂《うわさ》されるハリウッドの新進女優がしかめ面をしており、キャプションはこうだった。〝ボニータ激怒！　ドリュー・マドックスがやらかした……またしても！〟

ドリューがこちらを向いた。表情は険しい。「マルコム伯父が、かんかんでね。だが、もっと厄介なのが、伯父のパートナーであるヘンドリック・ヒルだ。道徳的に難ありとして、ぼくを会社から追いだそうとしている。伯父は株式の四〇パーセントを持っている。ヘンドリックも四〇パーセント。残り二〇パーセントがほかの役員たちだ。問題の写真のひどさを考えれば、役員の過半数をヘンドリックが説得するのはさほど難しい話じゃないだろう。ぼくは会社に不利益をもたらすと認定され、お払い箱というわけだ」

「そんな」ジェンナは面食らい、つぶやいた。「ひどい。だけど、そんなことになるはずないわ。あなたはすばらしい建築家だもの。その才能に疑義を挟む人なんているわけがない。それにしても怖い話ね」

「でしょ。あの写真が真実だっていうならともかく、そうじゃないんだから」エヴァが言った。「兄さんははめられたのよ」

ドリューが苦々しげに言った。「不愉快な詳細は省いてもいいんじゃないか？」

「彼女にはちゃんと知っておいてもらわないと。この際、はっきりさせましょう。兄さんは騙《だま》されてあんな写真を撮られた。出向いた先に女たちが待ちかまえていて、カメラに向けてポーズを取った。首謀者は不明だけど、兄さんを陥れるために手の込んだ罠《わな》を仕掛けた。その計画は成功しつつある。そこであなたの登場となるわけよ、ジェンナ」

「わたし？」ジェンナはエヴァとドリューを見比べた。さっぱりわけがわからなかった。

「どうしてわたしが出てくるの？」

「わたしたち、考えたのよ。もし、あなたが――」

「わたしたち、じゃないだろう、エヴァ」ドリューが口を挟んだ。「おまえが考えたんだ。

その点ははっきりさせておいてくれ」

「はいはい、天才エヴァ・マドックスは考えました。世論の風向きを変えるには電撃婚約発表が有効に違いないと。それによって一連の写真から人々の注意をそらし、遊び人ドリューというイメージを覆すことが、きっとできると」

「電撃婚約って、お相手は……?」ジェンナの声はしだいに小さくなった。「待って。まさか……」

「そのとおり! もちろん、あなたよ!」エヴァは目を輝かせて力説した。「あなたは完璧だもの。頭が切れる。美人。専門分野での第一人者。目標に向かって着実に仕事を進めている。それぞれに寄り添った具体的な形で、困っている人を助けようとしている。そんなあなたの社会的信用が、今のドリューには助けになるの。それに実は、ヘンドリックはロマンティックなストーリーに弱いらしいのよね。伯父から聞いた話だけど、ヘンドリックはもともとかなりの遊び人だったんですって。でもベヴと恋に落ちて改心した。今回の作戦における最大の難関はあの夫婦だけど、あなたは間違いなく気に入られるはずよ。わたしたち三人が力を合わせてすみやかに、そして堂々とことを進めれば、成功間違いなし。あなたたちの婚約は既成事実、それもだいぶ前から決まっていた、そういうことにするから。いいわね?」

ジェンナは絶句した。何も考えられず、口をつぐんでいるしかなかった。

「もちろん、一時的な話よ」エヴァは続けた。「ほとぼりが冷めて、ヘンドリックが静かになるまででいいの。今はあなた、お相手がいないじゃない？　いたら、わたしだってこんなこと頼まないわよ」

「いないわね」ジェンナはぼそりと言った。「確かに、その点はまったく問題なしだけれど」その瞬間、顔がかっと火照った。元フィアンセ、ルパートに裏切られた屈辱は、いまだ胸に生々しい傷跡を残していた。彼が自分を捨て、グラマーな金髪インターンを選んだと知ったとき、ジェンナの心とプライドはずたずたになったのだった。

「しかも、おまけつきよ。あの憎たらしいルパートが結婚するタイミングで、あなたがほかの誰かと婚約する……悪くないと思わない？」

「まあね」ジェンナは用心しつつ言った。「悪くないかも」

「うんと着飾って兄さんの腕にぶら下がって、お洒落《しゃれ》なパーティーにばんばん出席するのよ。べったりくっついて、熱愛中だってことをアピールして。ありあまるお金の使い道に困ってるような人がこの界隈《かいわい》にはわんさかいるけど、あなたの研究に投じればいいんだって、これで気づくわ。つまり、すべての人にメリットがあるわけ。アームズ・リーチの知名度を高める大チャンスよ。ＰＲ効果で言えば、これまでのわたしの努力をはるかにしのぐ力がこの婚約にはあるわ。わたしも相当がんばったつもりだけど」

ジェンナは首を振った。「声をかけてもらえたのは光栄だけれど、期待にそえそうにないわ」

「わかるよ。いくら自分の会社が有名になったって、スキャンダルとセットでは誰だってたまらないさ」ドリューはタブロイド誌を手で示した。

「あ、違うの」ジェンナは急いで言った。「そういう意味じゃなくて……だから、ほら、うまくいくとは思えないのよ。信憑性《しんぴょうせい》がなさすぎて。彼とわたしなんて」

「何言ってるの。ものすごくお似合いの二人じゃない。それぞれがそれぞれの分野の最先端で活躍してる、絵に描いたようなパワーカップルだわ」

「エヴァ！　考えてもみてよ」ジェンナはたまりかねて言った。「わたしはお兄さんの好みのタイプじゃないでしょう？」

「タイプ？」ドリューが眉をひそめた。「驚いたな。じゃあ、ぼくの好みとはどんなタイプだ？　そんなものはないよ」

「あなたにはあなたの魅力があるわ、ジェンナ」慰めるような口調でエヴァが言った。「あなたは唯一無二の女性。だから、ね、お願い。やってもらえない？　わたしを助けると思って」

「助けたいけれど……」か細い声が途切れがちになる。「うまくいくとは思えないわ」

「しつこいぞ」ドリューがエヴァにぴしゃりと言った。「無理強いするんじゃない」

「するわ！」エヴァが語気を強めた。「だって、自信があるのよ！　あなたたち二人のどちらにもメリットがあるんだもの。ＰＲプロデューサーとしてのわたしの勘は当たる。どんなときも、必ず」

ドリューが椅子を引き、ジェンナの近くに座った。

近すぎる。コロンの香りがはっきりわかる。ウッディでスパイシー。そしてムスクがわずかに混じっている――雌を引き寄せるムスクが。深い香りに圧倒されるジェンナの顔を、ドリューが探るような目で見つめている。

彼は妹のほうへ振り向いた。「ぼくの失態の尻拭いをすることが、本当に彼女のためになるんだろうか？」

「計画どおりにやれば、絶対よ。だからわたしを信じて」エヴァの口ぶりは確信に満ちている。「ジェンナの人柄と業績は必ず評判になるわ」

ドリューがジェンナに視線を戻した。「率直に言わせてもらうよ。きみ自身がよく考えて、本当にそっちにもメリットがあると納得できるなら、ぼくはやってみてもいいと思う」

考える？　ドリュー・マドックスの顔を見つめながら何かを考えるなんて不可能だ。これではいけない。しっかりしなければ。

「こういうのはどうかな」ドリューはさらに言った。「試験的にやってみるんだ。今夜、会食の予定がある。参加するのはエヴァとぼく、マルコム伯父、いとこのハロルド、ヘンドリック夫妻。そこにきみも加わるんだ。フィアンセではなく単なる交際相手として。それで感触を探る。ヘンドリックとベヴが信じるかどうか、いたたまれなさにきみが耐えられるかどうか。無理そうなら、会食後に遠慮なく言ってくれればいい。実害は何もないんだから、まったくかまわない」

「本当に？　でも……すごく緊張しそう」

ドリューがにっこり笑った。くらくらしそうな笑顔だ。セクシーな口の両側、無駄な肉のいっさいない頬に、えくぼがくっきり刻まれている。黒々とした睫に縁取られた瞳が、じっとこちらを見つめている。

「もちろん、ぼくもだよ」優しい声だった。「一緒にがんばろう」

ああ、たまらない。ジェンナの背筋に快感の震えが走った。こんなときなのに。

ドリュー・マドックスが返事を待っている。わたしにじっと視線を注いだまま。やがて、太い眉の片方が持ち上がった。

今、自分がどんな顔をしているかは想像したくなかった。瞳に星をいっぱいたたえて、うっとり彼に見とれているかもしれないのだ。

エヴァは昔とちっとも変わらない。学生時代、彼女は数々のトラブルにジェンナを巻き込んでくれたものだった。けれど今回は、ただ芝居を打つだけでしょう？　しかもそれがアームズ・リーチの資金調達に繋がる。動機としてはまっとうだ。やってみるだけの価値はある。

そして確かに、実害はないのでは？　欺く相手はゴシップをまき散らすマスコミと、堅物だというヘンドリック・ヒルだけなのだ。誰かを傷つけたり、誰かから何かを奪ったりするたぐいの嘘ではない。

「わかったわ」ジェンナはゆっくりと言った。「その会食で試してみましょう」

エヴァの大きな拍手に、ジェンナは思わず姿勢を正した。「よかった！」エヴァはそう言うと、きびきびと指示を出しはじめた。「着替えに戻る時間はじゅうぶんあるわ。ここまではタクシーで来たのね？」

「ええ、そうだけれど――」

「車であなたの家まで送らせるから。そのあと――あ、電話だ。ちょっとごめんね」テーブルの上のスマートフォンから、古典的なロックのギターリフが流れだした。エヴァは発信者を確かめて画面をタップし、耳に当てた。「お疲れ、アーネスト。うん、大丈夫……え、ほんとに？　三人も？　連中、今日はずいぶんお腹を空《す》かせてるようね。わかった、急ぐように言うわ。ありがと」

スマートフォンを置くエヴァの目は輝いている。

「さあ、お二人さん！　早くも絶好のチャンスがおいでなすったわよ。アシスタントのアーネストからの報告によれば、セレブ専門のフォトグラファーが三人、ロビー周辺で兄さんの登場を待ちかまえてるそうよ。上等だわ！　餌食になってるばかりじゃなくて、たまにはこっちがやつらを食い物にしてやろうじゃないのよ！」

ジェンナは息をのんだ。「それって、パパラッチってこと？　ああいう人たちにいつも追いかけられてるの？」

ドリューが唇を歪《ゆが》めた。「ちょくちょく煩わされるのは確かだ」

エヴァが手を振って否定した。「ちょくちょくなんてものじゃないわね。ほら、あの恐竜映画に出てた女優、なんて名前だっけ……ボニータ・レイモン、彼女とつき合ってたとき以来、ずっとよ。映画スターとの交際じゃなくても、ドリュー・マドックスにまつわる話ならなんだって売れるってことをあいつら、学んじゃったのね。お金、ルックス、セックスライフ――」

「やめろ、エヴァ」

エヴァはぐるりと目玉を回した。「あまりにフォトジェニックすぎるのも罪だわね。ともあれ、彼らはお待ちかねよ。さあ、出発！」

ジェンナは内心、怯《ひる》んだ。大スター、ボニータ・レイモンと比べられるなんて。この冒険、最後まで自尊心を無事保っていられるだろうか。安請け合いしてしまったんじゃないだろうか。

「ひょっとして、これからロビーへ下りるの？　二人一緒に？」

「待てよ、エヴァ」ドリューが言った。「彼女には会食後に手を引く選択肢があると合意したばかりじゃないか。今、ぼくと一緒にカメラの前に出ていけば、もう後戻りはできなくなる」

「だったら、この場で決めて、ジェンナ！　運命だと思って観念して！」エヴァは熱っぽく言った。「手に手を取って二人でロビーを歩くのよ。げらげら笑う、にっこり微笑む、いちゃいちゃする、そのへんは臨機応変にしてくれてかまわない。この作戦を成功させるには、ためらったり恥ずかしがったりするのがいちばんだめだからね。思いきって、がんがん行かなきゃ！」

ドリューはジェンナを見やり、肩をすくめた。「決めるのはきみだ。エヴァのごり押しに屈することはない」

エヴァは懇願するかのように両手を合わせた。「お願い、ジェンナ」おもねるような口調に変わっている。「わたしを信じてくれないの？　信じるって言って」

「ちょっと静かにして。考えてるから」ジェンナは心ここにあらずのまま答えた。

考えるという行為自体、難しかった。ドリュー・マドックスが間近にいるせいで、身も心もこれ以上ないほどざわついているのだ。

ドリューの言い分は正しい。今、カメラの前に二人で出ていけば、わたしの退路は断たれる。

エヴァの言い分もまた正しい。二人の熱愛を世に知らしめるには、今が絶好のチャンスだ。潔く踏ん切りをつけたほうがいいのかもしれない。ぐずぐずと、いつまでも悩む羽目に陥るよりは。

確かにエヴァは、これまでもいろんな騒動にわたしを巻き込んだ。でもほとんどの場合、終わってみれば楽しかった。ものすごく楽しかった。

ジェンナはドリューのほうを向いた。腕組みをした彼は、にこりともせず見つめ返してきた。

そのときジェンナの脳裏を元フィアンセの顔がよぎった。今ごろ彼はケイリーとハネムーンの計画を立てているのだろう。やたら大きなブルーの目をアニメの女の子みたいにぱちぱちさせていた、二十三歳のインターン、ケイリー。ぽってりした唇はいつもうっすら開いていたっけ。

わたしの恋愛歴なんて、乏しくてむなしくて、お粗末そのもの。だったら……偽りの恋愛をして友の力になれるなら、別にかまわないのでは？　気分転換にもなるだろうし。何より、アームズ・リーチの活動をもっともっと多くの人に知ってもらいたい。

「わかったわ」ジェンナはようやく口を開いた。「ロビーへ下りましょう」

「そうこなくちゃ！」エヴァが勢いよく立ち上がった。満面の笑みだ。「行って、行って、早く！　玄関に車を回させるから、それまでやつらにたっぷりツーショットを撮らせてやって。あんまり早足でロビーを歩かないでよ。あと、笑顔を忘れないで。そうそう、ジェンナは兄さんの顔を見上げて――」

「細かいな」ドリューが言った。「おまえはもう引っ込んでろ。ここからは二人でちゃんとやるから」

兄にうるさがられても嬉《うれ》しさを抑えきれないらしく、エレベーターホールまで二人を追い立てるようにして歩くあいだも、エヴァの頰は緩みっぱなしだった。やがてエレベーターの扉が閉まり、熱烈に手を振る彼女の姿も見えなくなった。

いきなりドリューと二人きりになった。銀色に輝く四方の壁に、彼の大きな体があらゆる角度から映り込んで果てしなく連なっている。

ああ、どうしよう。このすべてのドリュー・マドックスと対峙《たいじ》しなければならないなんて。

なんてすてきな香り。スラックスのフィット具合が見事すぎて目が離せない。それから、肩の広さも。ジャケットの袖を張りつめさせる上腕二頭筋。決してそれを目立たせるのが目的のデザインではないのに。

何かしゃべらないと。ほら、しゃべりなさい、ジェンナ。

「その……すごかったわね……エヴァの意気込み。本当に一生懸命だったわ」

「それにしたって強引すぎる。あいつはいつもそうだ。思い込んだら見境がない。きみにも迷惑をかけるね」

「平気よ。慣れてるから」

「あいつの突拍子もない思いつきに乗せられたことが、これまでにもあったのか？」

「大学時代に何度も」ジェンナは正直に言った。「当時のわたしは勉強ばっかりしていたの。機械電子工学オタクというか。そんなわたしを救済するのが、エヴァの神聖なるミッションだったわけ。トラブルをたっぷり経験させることがね」

ドリューがふっと笑った。「たっぷり？」

「そう。トラブルを経験したことがないのは社会性に欠けている証拠、なんですって」

ドリューが今度はしっかりと笑った。真っ白な歯がまぶしい。「いかにもエヴァの言いそうな台詞《せりふ》だ」

「彼女はわたしを挑発するのが好きみたい。ぬくぬくとしていられる場所から、隙あらば連れだそうとするの」

「たいていの場合、それはいいことなんだろうな。しかし何度も言うようだが、もし今回の計画が苦痛でたまらないようなら、下りてもかまわないんだよ。くれぐれも無理はしないでほしい。わかったね？」

ああ、なんて優しいんだろう。ジェンナはこくりとうなずいた。ドリューに微笑みかけられるだけで、脚が震えそうになる。

「よし。ドアが開くぞ。逃げるならこれが最後のチャンスだ」

決断は無意識のうちに下された。エレベーターの扉がするすると開きはじめたその瞬間に。

ジェンナはつま先立ちになるや、ドリューのうなじに両手を回して彼を引き寄せ、熱烈なキスをした。

ドリューが身を硬くしたのはほんの一瞬、零コンマ何秒かだった。彼はすぐ、しなやかに上体を傾けた。

彼の唇はとても温かい。髪の手触りはまるで絹のよう。ひとつひとつをジェンナは意識に刻み込んだ。頬に触れたもう一方の手では、髭《ひげ》の剃《そ》り跡のかすかなざらつきや、熱を帯びた肌の滑らかさをゆっくりと確かめた。カメラのフラッシュ、野次る声、口笛。うっすら感じはするけれど、すべてが遠い。他人事みたいだ。

ドリューが離れた。体がわずかに揺らいでいる。「いや」小さくつぶやいた。「驚かされた」

「ごめんなさい」囁《ささや》き声で返した。「急に思いついたものだから」

「謝ることはない。アドリブは受けて立つよ。いつでも」

ジェンナは続きを待った。そして促した。「わたしたち、出ていくのよね？　あのまっただなかへ」

閉まりはじめた扉をドリューが押さえ、二人でエレベーターを出た。肩を寄せ合い、四方八方からフラッシュを浴びながら。

自信たっぷりなふりをするのよ、ジェンナ。笑いなさい。ドリュー・マドックスはあなたの恋人なんだから。

そう自分に言い聞かせたら、背が十センチ近く伸びたような気がした。胸がひとりでに突きでて顎は上がり、顔はピンク色に上気した。

二人は腕と腕をからめ、手を握り合った。どちらが主導したのかはわからない。ごく自然にそうなった。カメラはメインエントランスをくぐる二人に群がろうとして、駆けつけた警備員たちに阻止されている。その向こうから、スーツ姿の男性が走ってきた。

年配のその人は気遣わしげな顔で言った。「あちらにお車を用意してあります、ミスター・マドックス。すみません、ここまでの騒ぎになるとは思っていなかったものですから、警備のほうの対応が遅れてしまって」

「いいんだ、サイクス。ガラス越しなら好きなだけ撮らせてかまわないさ。ただ、ミズ・サマーズの乗った車が行ってしまうまではやつらをロビーから出さないようにしてもらえるとありがたい」

ドリューはジェンナの手を引いて歩いた。路肩にメルセデスSUVがエンジンをかけたままとまっている。「この車だ」彼は言った。「今夜の約束はまだ生きているのかな？　気が変わったとしても無理はない。パパラッチはうっとうしい。うっとうしいがどうしようもないものだ。悪天候やゾンビの群れと同じでね」

「ますます闘志が湧いたわ。じゃんじゃん撮らせてやりましょう」

返ってきたのは極上の笑顔だった。とたんにジェンナの中でいくつも花火が上がり、何も考えられなくなった。

なんという体たらく。落ち着くのよ、ジェンナ。

「八時十五分に迎えに行くよ。〈ペッカーティ・ディ・ゴーラ〉に八時四十五分の予約を入れてある」

「わかったわ」

「ぼくの連絡先をきみのスマートフォンに入れさせてもらってもいいかな？　メールで住所を送ってもらえるように」

「もちろん、どうぞ」ジェンナはスマートフォンを手渡し、ドリューが連絡先を打ち込むのを見守った。彼は電話をかけ、呼びだし音が鳴ることを確かめた。

電話を受けながらジェンナは言った。「これでわたしの連絡先、ゲットね」

「ラッキーだ」ドリューはつぶやいた。それからちらりとビルの入り口を振り返った。パパラッチたちは警備員三人と揉《も》み合いながら、まだシャッターを押しつづけている。「きみはか弱い女性じゃないね？」

「全然違うわ」

「よかった」

車のドアはすでに開けられていたが、ジェンナが乗り込もうとすると、ドリューはすばやくその体を引き戻し、唇を重ねた。

さっきよりさらに激しいキスだった。強い力で抱きすくめられ、唇を貪られる。

これは何？　炎のような、風のような。海に降り注ぐ陽光のような。ジェンナはたくましい肩をぎゅっとつかんだ。いや、つかもうとした。筋肉が厚すぎて、指はむなしくジャケットの上を滑っただけだったけれど。

唇をこじ開けられた。彼の舌先がジェンナの舌をつついて煽《あお》る。もっと開け、降参しろ、すべてを委ねろ。そうすればとてつもない快感を与えてやるぞ。とっさに従ったのは、ほとんど動物的な本能からに近かった。

ジェンナは彼の腕の中でとろけ、体を、心を、震わせた。それは決して、ふりや見せかけではなかった。

ああ、何をしているの。ジェンナはわれに返り、焦った。ドリューがまるで本気かと思うようなキスをするものだから、ついこちらも同じように応じてしまった。そう、息をするみたいに自然に。

なんてばかなことをしてしまったんだろう。

ジェンナはおののきながら体を離した。仮面を引き剥がされたような気分だった。自身の奥の奥、最も隠しておきたい部分を覗き込まれたような。

ドリューはジェンナに手を貸して座席に乗り込ませると、安心させるようににっこり微笑み、軽い調子で手を振り車を見送った。いつものことだというような様子で。何台ものカメラの前で熱烈なキスをしてジェンナのうちに激震を生じさせた事実など、まるでなかったみたいに。

ジェンナの唇はまだ火照っていた。強く吸われ、ひりひりする疼《うず》きも残っている。

このままだと大きな勘違いをしそうだけれど、それだけは絶対にだめだ。自分がただの道具に過ぎないことを最後まで忘れないようにしなければ。

ドリュー・マドックスの、女性を魅了する物言いやふるまい。あれは生まれ持った資質だ。きっと、どんな女性に対しても同じ態度なのだろう。本人にもどうしようもない、直せない、癖みたいなものだ。

そのことをしっかり心に留めておかなければ。

常に。どんなときも。何が起きても。

3

　ドリューがジェンナのスピーチ動画を見はじめて、気づくと一時間以上もたっていた。最初はウェクスラー賞のプレゼンテーション。次が、ネット上で見つけた理工系女性の会《ウイメン・イン・STEM》でのスピーチ。続いて、数年前に録《と》られたテッドトーク（プレゼンテーション専門の動画配信サービス）。さらには、彼女が出演した人気科学番組のポッドキャスト――これは最近公開されたものだった。

　帰宅する道中も、運転しながら再度ポッドキャストに耳を傾けた。滑舌のいいアルトが好ましく、専門技術の説明も端的でわかりやすい。研究への熱い思いがひしひしと伝わってくる。イラクやアフガニスタンで手足を失ったドリューの戦友たちが、ジェンナの研究に助けられる日が来るかもしれない。そう思うと胸が躍った。

　音声だけでなく、早く帰り着いて映像を見たいと思った。信念と使命感をたたえてきらめく瞳を見たい。

　研究について夢中で語るジェンナの表情は、とてもセクシーなのだ。

ドリューはベッドルームにタブレットを設置すると、もう一度テッドトークを流しながら会食のための着替えをした。何度聞いても耳に心地よかった。ジェンナと初めて会ったときには強い印象が残らなかったのが不思議だが、当時のドリューは言ってみれば、今とは別人だったのだ。

もうひとつ不思議なのは、今日の夕方ジェンナと会ってからは、アーノルド・ソーベル邸での悪夢のような時間を思い出さなくなったことだった。それまでは何度も脳裏によみがえっていたのだ。顔に吹きつけられたスプレーの薬臭さ、見知らぬベッドで目覚めたときの頭痛と胃のむかつき、自分を取り囲むいくつもの女体。

あの吐き気はすさまじかった。頭の痛みは、心拍に合わせて木槌《きづち》で叩《たた》かれているかのようだった。屈辱と無力感にまみれた。こんな目に遭うためにのこのこやってきたのかと思うと、自分が情けなくてならなかった。

薬を嗅がされたことも意識を失ったことも、誰にも話していない。喉まで出かかっても、どうしても言えない。恥をさらしたくないのか、あるいは男としての面子《メンツ》が丸つぶれだからか。理由はわからないが、どうしても明かせないのだ。誰にも。

そんなおぞましい記憶が、ジェンナに会って薄れた。エレベーターでいきなりキスが始まったときには、ドリューは下半身をコートで覆わなければならなかった。車に乗り込む前の彼女にもう一度キスをしたのは、エレベーターでの自分の反応がたまたまだったのかどうか、確かめるためだった。

たまたまなどではなかった。二度めもやはり、コートの前をはだけるわけにいかない事態になった。

二度のキスはドリューの記憶に鮮烈に刻み込まれている。華奢《きゃしゃ》な体だった。ジェンナは相手を信じきったように体をこちらへ預けてきた。繊細な花びらにも似た肌の感触。唇の柔らかさ。わずかに蜂蜜をまぶしたオレンジを思わせる、爽やかな香り。貪るように嗅いだ、あの香り。

身支度は調ったが、最後の仕上げが残っていた。ドリューは壁金庫から母のジュエリーボックスを取りだした。ずいぶん前、エヴァにこのケースを渡そうとしたら、妹はわっと泣きだして部屋から走りでてしまった。それきり、金庫へしまったまま、これのことはいっさい話題にせずにきた。

ドリューが手に取ったのは、黒いベルベット張りの小箱だった。母の婚約指輪が入っている。パパラッチが居並ぶ前でキスしたからには、この大芝居を演じきるしかない。ならば、徹底的にやるまでだ。

考える時間がもっとあったなら、新しい指輪を買いに走ったかもしれない。だが伯父はこれが母の指輪だと気づくはずだ。たぶんヘンドリックも。ベヴは当然のこと。ドリューの生まれる前から母と友だち同士だった彼女の目は、誰よりも鋭いだろう。

それに、こうするのがなんとなくしっくりくる気がする。ジェンナは、男が母親の婚約指輪を贈りたくなるようなタイプだ。母が生きていれば、きっと彼女を気に入ったことだろう。

ドリューはコートを羽織ってポケットに指輪を入れると、車へ向かった。母が生きていれば、と考えたときに浮かんでくるのは、幸せな想像ばかりではなかった。

母は、こんな事態にジェンナを巻き込もうとする息子に眉をひそめただろう。彼女が努力の果てに得た成果を、自身の身勝手な計画に利用しようとする息子に。

もっと言えば、彼女に自分の愚行の尻拭いをさせようとしているのだ。

後ろめたさが胸の底に淀《よど》む。だからドリューは、なんとかしてこの計画を正当化しようと試みた。自分が何か悪いことをしてこうなったわけじゃない。ただ友人を助けようとしただけだ。こっちに落ち度があるとすれば、愚かだったこと、罠《わな》にはまる前に逃げだせなかったことだけだ。

それに、ジェンナにだってメリットはあるのだから、どちらにとってもこれが最善、持ちつ持たれつ、お互いさまだ。

両親が事故死したのは十八年も前のことだが、息子が嘘をついたりずるをしたりしたときの母の顔は鮮明に思い出せる。眉間に皺《しわ》を寄せ、唇をぎゅっと結んでいた。

そんな母のしかめ面がまぶたに浮かんでいながら、ジェンナの住むグリーンウッドが近づくにつれ、胸は高鳴った。どうやら自分は本気で楽しみにしているらしい、とドリューは気づいた。最後にこんな気持ちになったのはいったいいつだったか、思い出せない。

そこは瀟洒《しょうしゃ》な三階建てのアパートメントだった。前面のスロープに車をとめ、外階段を伝ってジェンナの住む最上階へ上がった。ウッドデッキが建物の全周を囲み、ブランコや籐《とう》家具が配されている。ドリューはドアベルを押した。

ややあってドアが開き、ジェンナがにっこり笑って彼を見上げた。「ぴったり八時十五分。時間に正確な男の人は好きよ。どうぞ、入って」

ドリューは何も考えられなかった。湧き上がる感覚を処理しきれず、頭がショートしたかのようだった。ジェンナは深いグリーンのドレスを着ていた。地模様の浮きでた生地が体にぴたりと沿い、豊かな胸、くびれたウエスト、丸いヒップを際立たせている。グリーンは彼女の髪の色を最高に引き立てる色だった。髪をねじってアップスタイルにしたジェンナは、炎の輪を頂く天使のようだ。

そして、キャッツアイフレームの眼鏡をやはりかけている。フレームは淡い琥珀《こはく》色の鼈《べっ》

甲《こう》製。左右の尖《とが》った先端で、揺れるピアスとお揃《そろ》いの石がきらめいている。石より何より
まぶしいのは彼女の笑顔だ。ルビーレッドの口紅。きれいに並んだ真っ白な歯。ドリュー
が目を奪われていると、その足もとを灰色の猫が走り抜け、外へ飛びだしていった。
「すてきだ」ドリューはようやく言った。「眼鏡のラインストーンがいい。猫が出ていっ
てしまったけど、大丈夫かな?」
ジェンナは手を振った。「全然問題ないわ。猫専用の出入り口があるの。お腹が空《す》けば
戻ってくるでしょう。ところでこの眼鏡は特別なときにだけ登場するの。もしパパラッチ
が現れたら、このキラキラで目をくらませてやるつもり」
「すばらしい」ドリューは指輪の小箱を取りだした。「キラキラと言えば、これをつけた
らどうかな。きみがいやじゃなければ。ロビーであんなことになったからには、もうあと
には引けないわけだから」
小箱の中を見たジェンナは目を丸くし、それから後ずさりした。「すごい指輪。本物?」
「ティアドロップサファイアだ。まわりはバゲットカットのダイヤモンド。母の遺品だ
よ」
ジェンナはレンズの奥の目を大きく見開くと、かしこまったような面持ちになって言っ
た。「そんな……いいの? だってほら、あくまで偽装なんだから、そこまでしなくても

……」

「伯父、ヘンドリック、ベヴ。これが母のものだったことは、みんな知ってるんだ」

「ああ……なるほど。そういうことなら、わたしがつける意味もあるかもしれないわね」

わずかに眉根を寄せるジェンナの左手薬指に、ドリューは小箱から出した指輪をすっとはめた。

あつらえたようにぴったりだった。顔を上気させ、ジェンナはそれを見つめた。「きれい」感に堪えないといった囁《ささや》き声だった。「絶対に落としたりしないよう気をつけるわ。かけがえのない指輪ですもの」

ドリューは思わず彼女の手を取って唇をつけた。

ジェンナはますます顔を赤くして一瞬凍りつき、それから手を引っ込めた。「あ、ちょっとごめんなさい……ええと、猫の餌。用意しとかなきゃ。出かける前に」彼女はそそくさとキッチンへ入っていった。

広々としたワンルームの室内を、ドリューはぶらぶらと歩いた。片引き窓は裏庭を望むウッドデッキに面しており、眼下で街の明かりが瞬いている。カウンターによってキッチンと隔てられたこちら側がリビングだが、テレビの前に斜めに置かれたソファとアームチェアのほかは、細長いワークデスクに占められている。ぶら下がる工業用ライトに照らされた台の上には、ケーブルや電子部品や回路図が積み上がっていた。コルク張りの壁に留めてあるのは多種多様な情報と、数えきれない量の写真だった。ジェンナと並んで写っているのは老若男女、さまざまだ。前歯の抜けた口を大きく開けて、得意げに両手の親指を立てている子どももがいる。その手は左右とも義手だ。

ジェンナがコートのボタンを留めながら戻ってきた。ウエストがシェイプされた黒いロングコートだ。

「ここが仕事場？」

「メインはアームズ・リーチの研究室のほうなんだけど、自宅にも作業スペースがあると便利なの。必要なものが揃っていれば、アイデアが湧いたとき、すぐに試せるから」

ドリューはゆっくりと歩を進め、壁に貼られた図表を眺めた。「すごい才能だ」

「すごいと言えば、東京のトリプルタワーズ・サステナブル・ハウジング・コンプレックス。あんなに先進的なコンセプトの建物、見たことも聞いたこともなかったわ。遅ればせながら、ご受賞おめでとうございます」

「よく知ってるね」

「ネットで見たの。タイム誌だったかしら。あなたの経歴についても詳しく書いてあったわ。絶賛されてたわよ」

「ほんとに？　気がつかなかったな」

ジェンナが微笑《ほほえ》んだ。ぎこちない沈黙がひとしきり流れ、やがて彼女がドアを示した。

「スマッジはごはんを食べたくなったら勝手に入ってくるから、そろそろ行きましょうか。約束に遅れたくないわ」

「そうだね」

彼女を助手席に座らせてから、ドリューは運転席に乗り込んだ。キーを回したとたん、来る途中聞いていたポッドキャストの音声がスピーカーから流れだした。エンジンがかかっていないため、ぎょっとするほど大きく聞こえる。

「……人工神経については、また別の問題がありまして」ジェンナが語っている。「さまざまな分野における研究を統合して——」

ドリューはスイッチを切った。妙にいたたまれない気分だった。ポッドキャストはインターネット上に公開されたものであるにもかかわらず、彼女の電話を盗み聞きでもしたような、後ろめたさがある。

「ああ、びっくりした」ジェンナが言った。「今の、わたしよね？　ポッドキャスト？」

「うん。その、ほら、きみについての情報を仕入れるためにね。きみがどんな研究をしているかとか」

「なるほど」ジェンナは疑う様子もなくうなずいた。「そうよね、わたしもあなたについて同じことをするべきだったんだわ。でも、あなたの仕事のことは結構知ってるほうじゃないかしら。しょっちゅうエヴァから聞かされてたもの。今度はどこどこの賞を獲《と》ったとか、いろいろ。本当に自慢のお兄さんなのね。彼女があなたのことを話しはじめたら止まらないのよ」

走る車の中で二人はしばらく無言だったが、ドリューは思いきって明かした。「ウィメン・イン・STEMのスピーチも見た。テッドトークも、ウェクスラー賞のプレゼンテーションも」

ジェンナが驚いた顔をドリューに向けた。「本当に？　こんな短時間に、全部？」

「きみはスピーチの達人だ。引き込まれたよ。いつまでも聞いていたかった」

ジェンナは彼から目をそらしたが、表情はどこか嬉《うれ》しそうだった。「努力したのよ。もともと人前でしゃべるのはすごく苦手で、なかなか克服できなかった。でもあきらめずに場数を踏むうちに、なんとかなるようになって。それにしても、あれを全部いっぺんに見る人がいたなんて」

「すばらしかった。言葉は明瞭だし、話の組み立てもうまくて説得力があった。おまけに笑いまで取れてる」

「そう言ってもらえると……励みになるわ。ありがとう」ジェンナは、バッグのストラップを巻きつけた両手を揉《も》みしぼり、しきりに指輪をいじりはじめた。

「今夜だって、まったく緊張する必要はないんだ」

ジェンナは皮肉っぽくため息をついた。「冗談でしょう？　これが緊張せずにいられると思う？」

「一連のスピーチを見たから言えるんだ。きみはきっとうまくやれる」

「何をうまくやれるの？　わたしじゃない人間になりすますのよ？」

「そうじゃない。いつもどおりにしていればいいんだ。きみがきみだからこそ、ぼくたちはこれを頼んだんだから」

「そうね、あなたみたいな男性と婚約した女のふりをすればいいだけ。全然たいしたことじゃありません」ジェンナは自嘲するように小さく笑った。「考えれば考えるほど、うまくいく気がしなくなってきた」

「どうして？」ドリューは心底当惑した。「ぼくみたいな男とはどういう意味？」

「それを訊《き》く？」ジェンナは苦笑いした。「決まってるでしょう。あなたは世界的に名を知られた建築家。上流階級の人。言わばアメリカの皇族。しかも、ついこのあいだまでボニータ・レイモンとつき合っていたのよ。それで次がわたし？　スーパーオタクのジェンナ・サマーズと結婚する？　おかしいと思わない？」

「まったく思わないね。なぜボニータ・レイモンが出てくる？　彼女とはとっくに終わってるんだ」そもそも始まってさえいなかったというのが本当のところだろう。

ジェンナは目を細めた。「本気で訊いてるのなら、処置なしだわね」

苛立《いらだ》ちを含んだため息が出た。「ボニータとはギリシャのヨットパーティーで初めて会ったんだ。彼女はどこかのプロデューサーと別れたばかりだった。で、何日か一緒に過ごした時点でお互い気づいたんだが、共通の話題がほぼなかった」

そしてボニータは、わがままで自己愛の強い、破綻した性格をしていた。彼女との会話は退屈きわまりなく、二日めの終わりには本当に途中で寝落ちしてしまったほどだったが、そんなことは誰にも言うつもりはない。有名人と交際して詳細を暴露するのは、下劣な輩《やから》のすることだ。

「そうだったの。ギリシャで映画スターを交えたヨットパーティー。そういうの、よくやるの？」

ドリューは言い訳せずにいられなかった。「あのときぼくはたまたまクレタ島で仕事をしていて、休暇で遊びに来ていた友人に誘われたんだ。パーティーピープルと一緒にしないでもらいたい」

「もちろん、してないわ」ジェンナはなだめる口調になった。「気を悪くしたのなら、ごめんなさい」

「別にそういうわけじゃないが、今回みたいなことがあると……いや、いいんだ。大きな声を出したりして悪かった」

「気にしないで。お互い、落ち着きましょう。とにかくそれぞれの役割を果たして、あとは運を天に任せるしかないんだわ。高望みは禁物」

ホテルのエントランスで車から降り立つと、ドリューは係員にキーを渡した。ジェンナはドリューが助手席側へ回るのを待たず、自分でドアを開けて外へ出た。

ドリューが取った彼女の腕は心地いい軽さだった。華奢《きゃしゃ》な、そして有能そうな手に、母の指輪が光っている。生まれたときからはめていたかのように、完全に彼女の一部になっている。

理不尽だ。不意にそんな思いが湧き上がった。社会的地位を守るために策略を巡らせなければならない現実に、腹が立ってならない。これほどすばらしい女性に小細工への協力を請い、自分は信用を保とうとしているのだ。彼女が今ここにいるのは、礼儀を尽くして求愛したからではない。彼女を虜《とりこ》にしたからではないのだ。

勘の鋭そうなジェンナはドリューの苛立ちを感じ取ったのか、気遣わしげな視線を投げてきた。ドリューは悠然と微笑んでみせたが、それで彼女が安心したようには見えなかった。

ジェンナはエヴァの顔を立ててこの計画に参加したのだ。さらには、窮地に陥った親友の兄を憐《あわ》れんで。彼女にしてみれば、ドリューは自分一人でミスの尻拭いもできない情けない男だ。

〝それぞれの役割を果たして、あとは運を天に任せるしかないんだわ。高望みは禁物〟と彼女は言った。

そんなのはまっぴらだ。ドリューは胸の内でつぶやいた。望むとも。ほんのひとかけらで満足などするものか。

すべてが欲しいんだ。自分がそれに値するかしないかはこの際関係ない。

4

エヴァとドリューから一同に紹介され、一人一人と順番に握手を交わすうち、ジェンナは頬が痛くなってきた。笑顔を作りつづけているせいだ。

今夜のエヴァは体のラインがくっきりと出る黒いレースのドレスをまとって、いちだんと華やかだ。ダークスーツ姿のハロルド・マドックスは見るからに堅物といった風貌で、ジェンナの挨拶にも微笑《ほほえ》みひとつ返さなかった。マドックス一族の例に漏れず長身で整った顔立ちをしているが、ドリューやエヴァほど際立ってはいない。きょうだいの伯父、マルコムは、エヴァと一緒に写真に写っているのを見たことがあった。ドリューに年を取らせて厳《いかめ》しくした感じと言えばいいだろうか。リウマチを患っているのか、指の関節が曲がったまま固まっている。マルコムのビジネスパートナーだというヘンドリック・ヒルは痩せぎすで禿頭《はげあたま》、こけた頬の骨ばかりが目立つ。ぼさぼさの黒い眉の下から、落ちくぼんだ目で疑わしげにこちらを見すえている。ベヴァリーは夫とは正反対だった。小柄でぽっちゃり、そしてにこやかだ。ベリーショートの髪は目が覚めるような白。ミッドナイトブルーのカフタンドレスの胸もとを、ホワイトゴールドのネックレスが幾重にも彩っている。フィアンセだとドリューが紹介すると彼女の笑みは一瞬凍りつき、全員の視線がジェンナの手に注がれた。とっさにジェンナは手の角度を変え、きらめく指輪がみんなに見えるようにした。

「フィアンセ?」マルコム・マドックスが灰色のげじげじ眉を険しくひそめた。「ほう、妙なこともあるものだ。わたしはお目にかかった覚えがないな。いったい、どこのどなたかな?」

「伯父さま」エヴァがたしなめる。「失礼でしょう。ジェンナはわたしの古くからの友人ですよ。それに、今こうして会っているじゃない。どうぞよろしくね」

「折りを見て紹介するつもりだったんですが」ドリューが言った。「このところいろいろあったものですから、今日になってしまいました」

「だろうね」ハロルドがつぶやいた。「実にいろいろあったものな」

エヴァがハロルドを肘で小突いたが、誰も気づいていないようだった。みんなジェンナに目を奪われている。

やがてベヴが顔いっぱいに笑みを浮かべたかと思うと、テーブルを回り込んできてジェンナを抱きしめ、キスをした。「まあまあ、まあまあ！　嬉《うれ》しい驚きだわ！　本当におめでとう。末永くお幸せにね」

心から祝福してくれている様子に、ジェンナは罪悪感を覚えた。いかにも人のよさそうなこの老婦人は、六年前に他界した母を思い出させる。

ジェンナの左右にはドリューとベヴが座り、会食は滞りなく進んだ。座を取り持つことにかけてエヴァとベヴは天才的だった。楽しげに交わされる会話に、ジェンナもできるかぎり加わろうと努力した。が、テーブルの向こうからマルコムにぎらつく目でにらまれていては、集中するのが難しかった。

前菜の皿が下げられたあたりでベヴがジェンナの手を取り、指輪をじっと眺めた。「昔を思い出すわ」彼女はしみじみとつぶやいた。「ダイアナとわたしは同じ社交《ソロリティ》クラブに入っていたの。彼女はすばらしかったわ。聡明《そうめい》でユーモアがあって、そして本当にきれいだった。エヴァはそんなお母さんに生き写しよ。ダイアナがもうこの世にいないなんて、信じられない。いまだに信じられないわ」

ジェンナは微笑みを浮かべ、ベヴの潤んだ目を覗《のぞ》き込みながらその手をぎゅっと握った。

「お会いしたかったです」

「わたしも、会わせたかったわ」ベヴはティッシュで目もとを押さえ、そっと鼻をかんだ。

「ところで、あなたとドリューの出会いはどんなふうだったの？」

　ジェンナはぎくりとし、内心で焦った。

　するとエヴァがひときわ高い声で言った。「きっかけはね、わたしだったの。わたしは紛れもないキューピッド。この手に恋の弓矢を持っているのよ」

「案の定だな」マルコムがぼそりと言った。

「彼とは十一年前に初めて会ったんです」ジェンナはそう言った。「エヴァとわたしが大学の寮でルームメイトだったときに」

「ぼくは休暇中で、イラクから戻っていた」ドリューが調子を合わせた。

「カナダへ向かう途中、わたしのところへ立ち寄ったのよね」エヴァが続ける。「カナディアンロッキーのバンフ・ジャスパー・ハイウェイでツーリングするとかで、バイクだったわ」

「じゃあ、二人はずいぶん長いのね？」ベヴは戸惑ったような表情を浮かべている。

「つき合いはじめたのはずっとあとになってからなんです」ジェンナは言った。「初対面では彼、わたしにあまりいい印象を持たなかったみたい。それはそうですよね、頭からサングリアをぶっかけられたんじゃ」

「あら、まあ」白ワインのグラスを持ったまま、ベヴはくすくす笑った。「それは大変だわ」

「そりゃあ、もう」ジェンナは哀れっぽく言った。「死にたくなりましたよ」

「死なないでいてくれてよかった」ドリューはジェンナのもう片方の手を取って持ち上げると、甲に熱い唇を押し当てた。とたんに、ジェンナの体に電流が走る。「あのあとしばらく、歩くたびに靴が床にくっついて困ったよ。だけど結果的には、ポートワインとピーチネクターの洗礼を受けた甲斐《かい》はあったというわけだ」

彼ににっこり微笑みかけられて、ジェンナの心はとろけた。ああ、なんて優しい笑顔。演技だとわかっていても、自分はドリューにとって唯一無二の存在なのだと思わせられてしまう。そしてこんなふうに、口を半開きにしてうっとりと彼を見つめ返してしまう。思考力なんて吹き飛ぶ。女をことごとく弱体化させる恐るべき力、ドリュー効果だ。

ウェイターがメインディッシュを並べはじめた。ベヴはジェンナの手をそっと叩《たた》きながら、にこにこと話の続きを待っている。ジェンナは必死に頭を巡らせた。

「再会したのはいつ？」ベヴがそれとなく先を催促する。

ジェンナはまたしてもパニックに陥りかけたが、ここでもまたエヴァがすばやく助け船を出した。

「実はそれも、きっかけはこのわたし。去年の春、ジェンナからアームズ・リーチのＰＲ

を依頼されたのね。サンフランシスコで彼女がウィメン・イン・STEMのスピーチをするというから、戦略会議を開くためにわたしも現地へ行ったわけ。ちょうど兄さんもマグノリア・プラザの仕事で向こうにいたから、じゃあ、三人で食事でもしようってことになって。運命って不思議よね」

ジェンナはウォッカソースがからんだペンネにフォークを突き刺しながら深呼吸して、気持ちを落ち着けようとした。

よかった。エヴァのおかげで、二人の出会いの物語は完成した。いい調子だ。

一瞬だけドリューの眉が片方、わずかに持ち上がった。それはどうかしらと疑わしげに言うときのエヴァに似ている。けれど彼はすぐにジェンナの手にキスをして、話を合わせた。「あのとき、ぼくの人生が変わったんだ」

「おかしいな。マグノリア・プラザの仕事はぼくも一緒だったが」ハロルドがゆっくりと言った。「サンフランシスコにいるあいだ、彼女に会ったことは一度もなかった。三カ月もいたのに」

エヴァは肩をすくめた。「わたしに言わせれば、おかしくもなんともないわ。あなたはわたしたちと夜、出かけたりしなかったじゃない」

「確かに。しかし、あの時期、ドリューに誰か決まった女性がいるようにはまるで感じられなかったんだがな」ハロルドは薄笑いを浮かべてドリューのほうを見た。「それどころか――」

「ウィメン・イン・STEMと言った？」張りつめた空気を感じ取ったらしいベヴが、話の流れを変えようとしてくれた。「ごめんなさい、さっきエヴァから聞いたばかりだけれど、お仕事はなんだったかしら。エンジニアか何かだったわよね？」

「はい。義手を作っています」

ベヴは目を瞬いた。「あ、ああ、そうなのね」

「神経回路モデルを搭載した最新鋭の義手ですよ。脳の指令を受けて動いて、感覚もフィードバックしてくれる」ドリューが言った。「〝義手を作っています〟だけでは伝わらないでしょうね。省略と謙遜が過ぎる」

ジェンナはフォークを置いた。「ここで詳しく説明するようなことじゃないと思ったのよ」本心からそう言った。「時と場合によっては、大いに自慢させてもらうけれど」

「今こそ、自慢するときだよ。ベヴはブリッカー財団の活動に関わっているんだから、アームズ・リーチのことは知っておいてもらうべきだ」彼は続けてベヴに言った。「ウィメン・イン・STEMで彼女がしたスピーチを転送します。退役軍人のために尽力している人には感激してもらえると思うな」

ワイングラス越しにベヴが目を輝かせた。「ありがとう、ドリュー。必ず送ってちょうだいよ。楽しみにしてるわ」

「テッドトークも全体像を把握するにはいいんですが、ウィメン・イン・STEMのほうが詳しいことがよくわかります」

「あと、これが今日カーティスでやったウェクスラー賞のプレゼンテーション」エヴァがスマートフォンを出して画面をタップした。「今、送るわね、ベヴ」

「早く見せてもらいたいわ。とっても楽しみ」微笑むベヴの目は優しかった。「ドリューはあなたのことが自慢でならないのね。わたしも嬉しい。まさしく、理想的な夫婦のあり方だわ」

「ずいぶん熱心に売り込むじゃないか」マルコムがドリューに言った。

「彼女の実績は広く世に知られるべきものだと、ぼくは本気で思っています」彼はそう返した。「一見の価値はありますよ。多くの人の人生を変える画期的な研究なんですから」

マルコムは唸《うな》るような声で言った。「なるほど。おまえの人生も含めて、か？　どこからともなく、ぽんと現れたかと思えば、すでに婚約までしている？」苦虫を噛《か》みつぶしたような顔をエヴァのほうへ振り向ける。「また何か企《たくら》んでいるな？　おまえのやり口はお見通しだ」

エヴァは青い大きな目をぱちぱちと瞬いた。「伯父さまったらひどい。ショックだわ、わたし」

「ふん。自業自得だ」

これはいったい何？　ジェンナは耳をふさぎたかった。自分に関する言い争いが目の前で続いているのだ。タイムを取らないと。

ジェンナはさっと立ち上がった。「ちょっと失礼。すぐ戻りますね」

そそくさと化粧室へ向かった。やっとまともに息ができる。品定めするような冷たい視線から、いっときにしろ逃れられる。強烈なドリュー効果からも。個室に入り腰を下ろしたジェンナは、ゆっくりと深呼吸を繰り返した。

この計画を甘く見すぎていた。そもそも嘘をつくのは嫌いだ。好きな人を欺くのはもっといや。そしてわたしはベヴ・ヒルのことが好きだ。ヘンドリックは依然として不信感もあらわな仏頂面だし、マルコム・マドックスはあの調子だ。二人は猜疑心《さいぎしん》の塊だが、ベヴは違う。心優しい、誠実な人だと思う。

個室を出たジェンナは大理石の洗面台で手を洗い、背筋を伸ばした。下手なりに髪の乱れを整えマスカラを塗り直していると、個室のひとつからベヴが出てきた。ほかにも二人の客が、鏡の前で化粧を直している。

彼女たちが立ち去るのを待っていたようにベヴが寄ってきて、ジェンナの肩に手を置いた。

「わたし……あなたに話しておかなければならないことがあるの」深刻な調子でベヴは言った。「会ったばかりのわたしがこんなことを言うのは差しでがましいってわかっているのよ。でもね、あなたは本当に善良な娘さんのようだから、あえて言わせてもらおうと思ったの」

ジェンナは身がまえた。「なんでしょう」

ベヴの表情は気遣わしげだ。「あなたはドリュー・マドックスのことをどれぐらい知っているの？　ずっと昔にサングリア事件があって、最近になってサンフランシスコで再会したのよね？　それで本当の彼を知ることができた？」

「あの……ええと……」ジェンナは言うべき言葉を探した。

「気を悪くしないでね。お節介でごめんなさい」ベヴは早口で言った。「だけど、あなたが彼に首ったけなのは誰の目にも明らかでしょう？　だからこそ、傷ついてほしくないのよ」

ジェンナは内心でぎくりとした。わたしが彼に首ったけなのは、そんなに見え見えなのだろうか。「ベヴ、あの……わたしは――」

「ええ、ええ、ドリューはとってもハンサムだわ。そりゃあもう、罪なぐらい。頭がよくて才能があって、性格もいい。生まれながらの人たらしね。エヴァも同じ。あの子たちの両親がそうだったし、マルコムもああ見えて昔は、ね。だけど……これはとっても言いにくいことなんだけど――」

「おっしゃる必要はありませんよ。わたしとこうなるまでのドリューが聖人君子のようじゃなかったのは知っています。彼の華やかな恋愛遍歴はいやでも目や耳に入ってきますもの」

「そう。それを聞いて少し安心した。でもね……わたしが伝えておきたかったのは……」

ベヴは苦しげな顔で言葉をのみ込んだ。

「タブロイド誌の写真のことでしょうか？」

ベヴが口もとを引き締めた。「知っていたのなら、よかった。わたしの口からは言いにくいことだから」

「あの写真は真実じゃないんです」ベヴにはわかっておいてもらいたかった。「ドリューが出向いたパーティー会場にカメラマンと女性たちが待ちかまえていて。でっち上げられた写真なんですよ」

「ええ？　本当に？」

「はい」ジェンナは力を込めてうなずいた。「本当です。誰かがドリューを陥れようとしていると聞きました」

「あなたはそれを信じている？」

「百パーセント信じています」きっぱり言いきった。「彼を疑う気持ちは、これっぽっちもありません」

ベヴは、ふうっと小さく息を吐いた。「わかったわ。あなたがそこまで彼を信じているなら、他人がとやかく言う必要なんてどこにもない。出すぎた真似《まね》をしてごめんなさいね。どうぞ許してちょうだい」

「それだけわたしのことを考えてくださったんでしょう？　すごく嬉しかったです。見知らぬ他人同然のわたしを、守ろうとしてくださったんですもの」

「そんなふうに受け止めてくれるなんて、あなたは本当に優しいのね」ベヴは言った。

「実は主人もわたしも、いたたまれない思いでいたのよ。才能も将来もあるこんなにすてきな娘さんが、崖から真っ逆さまに突き落とされて苦しむところなんて、誰が見たいものですか」

「大丈夫、その心配はご無用です」ジェンナは請け合った。「わたしの心は、びくともしません」

「あなたの幸せを祈ってるわ」ベヴはにっこり笑ってジェンナの肩をぽんぽんと叩いた。

「だけど、びくともしないってことはないと思うわよ。心というのは、さまざまに動くものでしょう?」

5

席を立ったジェンナの後ろ姿が化粧室のほうへ消えるのをドリューは見送った。少しするとベヴが席を立ち、彼女に続いた。ヘンドリックまで、口の中で何やらもぐもぐつぶやきながら立ち上がり席をはずしたが、誰も驚かなかった。彼は、妻が一緒でなければ人と交わるということができない質《たち》だった。

残ったのはエヴァ、ハロルド、マルコム。身内ばかりだ。これまで最低限の礼儀だけは保っていた伯父にとって、もうその必要がなくなったというわけだ。ドリューは密《ひそ》かに身がまえた。

案の定、伯父はすぐさまぞんざいにナプキンで口を拭うと、こう言った。「さてと」すごむような声だった。「ジェンナ・サマーズだと？　タイミングがよすぎやしないか？　科学者で慈善家？　いきなり婚約？　彼女はおまえの好むタイプではなかろう、ドリュー」

「好みのタイプなんて決まっていませんよ」

「言ったでしょう、伯父さま」エヴァが口を挟んだ。「ジェンナは寮でわたしと同室だったの。わたしのいちばんの親友で――」

「おまえは黙っていなさい。今は兄さんと話しているんだ。おまえもほかの女性陣と一緒に顔をパタパタやってきたらどうだ」

エヴァの瞳がきらりと光った。「用を足す必要は感じていません」歯ぎしりをしながら言う。「それに、戦線離脱するのは不本意だわ。戦いから逃げるなと教えてくれたのは、どこのどなただったかしら？」

マルコムは苛立《いらだ》たしげにため息をついた。「わたしはおまえと戦う気などない。話したい相手は、あっちだ」ドリューに向けて顎をしゃくる。「できれば差しでな」

「それは無理」エヴァは食い下がる。「二人きりで話したいなら、アポイントメントを取ったうえで、ご自分のオフィスでどうぞ。レストランで会食をしている最中にわたしを追い払うって、マナー違反でしょう。ジェンナはすばらしい女性よ。兄さんの婚約者として、文句の――」

「そこだ」マルコムが冷ややかに言った。「文句のつけようがなさすぎるのが怪しい。おまえたちの企《たくら》みがどんなものなのか、聞かせてもらおうか」

「何も企んでなんかいない。二人は本当に愛し合っているのよ。それで何か不都合がある?」

「ないだろうね、ドリューには」ハロルドがさらりと言った。

「そのとおり」マルコムが引き取る。「乗せられたと知って痛手をこうむるのは彼女のほうだけだ。善良な若い娘がそんな目に遭っていいわけがない」

ドリューはしげしげと伯父を見た。「彼女が善良だとは認めてくださるんですね」

「おまえを認められるようになりたいものだ」マルコムはそっけなく答えた。

そのときジェンナとベヴが姿を現した。ジェンナの会社のことで話が弾んでいるようだ。すぐ後ろにヘンドリックがくっついている。

「……製品を少しでも多くの人に知ってもらいたいので」近くまで来るとジェンナの声が聞こえた。「紹介していただけるととてもありがたいです。きっとその方たちの求めに応えられると思います」

「任せてちょうだい」ベヴの声も浮き立っている。「ジェインとヘレンの都合がわかりしだい、明日の朝いちばんで連絡するわ」

「いちおうお知らせしておくと、明日はわたしたち、朝から忙しいんですけどね」エヴァがベヴに言った。「うちの撮影クルーと兄、みんなでアームズ・リーチへ出向いてプロモーションビデオの新作を撮影するの」

「ぼくもか？」ドリューは驚いた。

「もちろん。八時三十分、ハットン・ストリートの〈ルビーズ・カフェ〉に集合すること。そこからジェンナの家まではほんの二ブロックだから。みんなで朝ご飯を食べて、それから出動よ」

「具体的に何を撮るんだ？　時間はどれぐらいかかる？」

「それは見てのお楽しみ」エヴァは澄ました顔で言った。「ジェンナの義手の高性能ぶりを堪能してもらえるはずよ。時間のほうは心配ご無用。毎日十四時間労働、ご苦労さま。すぐに仕事に戻らせてあげるわ。そちらのアシスタントには連絡ずみよ。了解しました、ですって」

「言っておくが、自分のスケジュール管理ぐらい自分でできる」

エヴァは可愛《かわい》らしくにっこりと微笑《ほほえ》んだ。「少しでもお役に立てればと思って」

まるでエヴァが合図したかのようなタイミングでコーヒーとデザートが運ばれてきた。しばらくのあいだ、みんなの意識はティラミスやパンナコッタや松の実のタルトへ向くことになった。やがてお開きになり、ヘンドリックとベヴが席を立った。ベヴがジェンナを抱きしめて何やら耳打ちすると、ジェンナは楽しそうに笑った。

コートを羽織ったマルコムは不自由な足でわざわざテーブルを回り込むと、苦々しげな表情のままジェンナの手を握った。彼女の目を見すえて言う。「置かれている状況をあんた自身が正確に把握できていればいいんだが。利口なお嬢さんとお見受けするが、これはあんたの手には負えない」

「それはどうでしょう」ジェンナは老人の皺《しわ》深い頬に顔を寄せ、キスをした。「わたしを甘く見ないでくださいな、ミスター・マドックス」そう囁《ささや》く。「それから、ドリューのことも」

「ほほう」マルコムの頬がほんの一瞬、緩んだように見えた。「今夜はこれで失礼する。ハロルド、杖《つえ》を。車まで送ってくれ」

ハロルドがマルコムの腕を取った。ドリュー、エヴァ、ジェンナの三人は、ゆっくりと階段を下りていく彼らを見守った。

その姿がドアの外へ消えたとたん、エヴァが飛びつくようにしてジェンナを抱きしめた。

「すごい、すごい。完全にあの人たちを手玉に取ってたじゃない、ジェンナ。どう見たって熱烈に愛し合ってる二人だったわよ。わたしまで騙《だま》されそうになっちゃった。ベヴなんて心底感激してたわね。ヘンドリックはなんだってベヴの言いなりだから、これでもう大丈夫」

体を離したジェンナは動揺している様子だった。「ベヴは本当にいい人だわ」

「あなたもね。類は友を呼ぶっていうやつよ」それからエヴァはドリューの胸をぴしゃりと叩《たた》いた。「それから兄さんの、あれ。ジェンナが謙遜しすぎだってくだり。真に迫った演技だったわ。お見事」

ドリューは焦《じ》れったさを隠して言った。「あれは演技なんかじゃない。思ったことをそのまま口にしただけだ」

「うん、うん！」エヴァは誇らしげに声を高くした。「完璧！　やっぱりわたしの計画は間違ってなかったわね。それは否定できないでしょ」

「否定するつもりはないけれど」ジェンナが言った。「気持ちは複雑だわ。ベヴみたいな人を騙すのは心苦しくて」

エヴァは怪訝《けげん》そうに眉根を寄せてジェンナを見た。「それはわかるけど、でも緊急事態なんだから。背に腹は代えられないって言うでしょ？」

「そのへんにしておけ、エヴァ」ドリューは言った。「また押しつけがましくなってるぞ。今日は大変な一日だったんだ。彼女もぼくも疲れた」

エヴァは笑いながら一歩後ろへ下がった。「あらまあ、お二人さん。結束してわたしに対抗してくるのね。悔しいけど、いいことだわ」

「茶化すのはやめて、エヴァ」ジェンナが辟易《へきえき》したように言った。

エヴァは引き下がった。「はいはい、わかりましたよ。じゃあ明日の朝、〈ルビーズ〉でね。おやすみ！」

エヴァがいなくなったあとも、ドリューとジェンナは押し黙ったまま立ち尽くしていた。

「化粧室でベヴに問いつめられたのか？」ようやくドリューが口を開いた。「きみに続いて席を立ったときの彼女、天命を帯びているみたいに意気込んでいたが」

「ベヴはわたしを心配してくれていたの。純真無垢《じゅんしんむく》な乙女が、無情なプレイボーイの甘い言葉に惑わされているんじゃないかって」

ドリューは顔をしかめた。「ベヴにそんなふうに思われるのは心外だ」

「あなたは罠《わな》にはめられたんだって、ちゃんと言っておいたわ。本当に納得してもらえたかどうかはわからないけれど。わたしがあなたを信じているのはよくわかったって、そう言ってくれた。つまり、わたしたちのパフォーマンスが……真に迫っていたってことでしょうね」ジェンナは、すっと視線をそらした。顔が赤らんでいる。

「そういうことになるね」ドリューはきっかけを待ったが、ジェンナはいっこうに目を合わせようとしない。だから、反応は予測不可能ながらも、誘ってみた。

「どこかで飲み直そうか？　作戦会議を兼ねて」

ジェンナが顔を上げ、ドリューは、切望していたものをようやく与えられた気がした。彼女と目が合うだけで、胸が震えるほどの恍惚《こうこつ》が込み上げるのだった。大きな瞳ははしばみ色。それを縁取る濃い青灰色。虹彩《こうさい》にちりばめられた緑と金。いくつもの鮮やかな色がいっせいに放たれる目だ。

ジェンナはふっくらした下唇を噛《か》み、頬をいっそう濃く染めて言った。「あなたもさっき言ってたけれど、今日は本当に大変な一日だった。そして明日もこれが続くのよ。できるだけ睡眠をとっておくべきじゃないかしら。集合は八時半だというし」

ドリューは落胆の吐息をついた。「わかった。家まで送るよ」

「あ、それは大丈夫。車を呼ぶから。あなたにわざわざ――」

「送るよ」

ひとしきり押し問答があったが、最後にはジェンナが折れた。彼女が車に乗ったあとは、互いを意識したぎこちない沈黙が流れた。ドリューはちらちらと隣をうかがっては、ジェンナの高い頬骨のカーブや光を照り返す眼鏡を視野にとらえた。彼女の指にはまる指輪のきらめきも。初めて女の子をデートに誘ったティーンエイジャーじゃあるまいし。自分でも呆《あき》れるぐらい緊張していて、言葉がすんなり出てこない。

「いつもはエヴァのおしゃべりにうんざりさせられるんだが」ドリューは言った。「今日ばかりはあいつのサンフランシスコ話に救われたよ。ぼくたち二人がここに至るまでの経緯をきちんと話せるようにしておくべきだったのに、まったく頭になかった」

「わたしもよ。エヴァが機転を利かせてくれて助かったわ。わたしはなんでも前もって心づもりしておかないとだめなほうなんだけれど、今日はそんな時間がいっさいなかったものね」

「申し訳ない。いきなりこんなことに巻き込んでしまって」

「それはいいの。誰に強制されたわけでもなく、自分の意志で決めたんだから」

ジェンナの住むアパートメントの前まで来るとドリューは車をとめ、エンジンを切った。

「きみとベヴを引き合わせられたのはよかった。彼女との繋《つな》がりはきみにとって有益だと思う。ブリッカー財団で慈善事業に取り組む婦人たちの中でも、とりわけ彼女は熱心だから。きみをこんな計画に巻き込んでしまったが、きみの役に立つ一面があれば、ぼくも少しは気が楽になる」

「きっと大いに役立つわ」ジェンナはにっこり微笑んだ。「おやすみなさい、ドリュー。送ってくれてありがとう」

「上まで一緒に行くよ」

「いいえ、その必要は――」

「頼む。きみが無事に家へ入るのを見届けたいんだ」

ジェンナは息を吐いた。「わかったわ。そこまで言うなら」

ドリューはジェンナの後ろについて階段をのぼり、彼女がバッグの中をごそごそ探るのをポーチの隅に立って見守った。

「言い訳するみたいだけれど、いつもはこんなふうに鍵を探したりしないのよ。たいていあらかじめ手に持ってるの。不審者が現れたらすぐ目を突けるように。今夜はわたし、なんだか変だわ」

ドアが開いてジェンナが顔を上げ、おやすみなさいと言うために口を開いたときだった。目に見えない、激しくて熱い流れが二人のあいだに生じて、ふとどちらも黙り込んだ。双方が息を凝らしているような、今にも何かが起きそうな、そんな沈黙だった。

ジェンナは開いたドアを手で押さえると、脇へよけてドリューを通した。

ドリューが中へ入り、ジェンナが壁のフックにキーホルダーをかける。バッグを棚に置き、たたずむ。どちらも動かなかった。長いこと動かなかった。

「何か……わたしに言いたいことがあった？」かすれた声で囁くようにジェンナが言った。

あったとも。だが言葉では伝えられない。言葉はもはやどこかへ行ってしまった。代わりに居座っているのは、欲求を満たしたいのに満たされず、右往左往するばかりの自分だった。

ドリューは手を伸ばすと、驚きの声を漏らすジェンナの顔から眼鏡をはずした。そして、それをドア近くの棚に慎重に置いた。

ジェンナの両腕がふわりと浮いたが、ドリューの手を押しやるためではなかった。ドリューは指先で彼女の顎に、頬に、そっと触れた。耳の後ろ、柔らかなうなじにも。ジェンナの温かな手が彼の手に重ねられた。ジェンナは指の背を撫《な》で、それから彼の両手を自分の頬に押し当てた。

ジェンナのすべてが柔らかく香《かぐわ》しい。マドックス・ヒル社を出たところで交わした衝撃的なキスを思い出す。あのときと同じだ。

ジェンナの腕が首に回された。ドリューが彼女の頭を両手で包むと、アップにまとめられていた豊かな髪が乱れ、こぼれた巻き毛が幾筋も指にからんだ。ジェンナの香りを胸いっぱいに吸い込む。

頭の中でわめく声がする。やめろ、だめだ、責任を取れるのか、あまりに身勝手じゃないか、すべてが台なしになるぞ。

声はしだいに遠ざかり、聞こえなくなった。だからドリューはキスをした。

欲しくてたまらなかったのはこれだとでも言うように、ジェンナの唇を貪った。

6

またただ。ドリューはまたしてもわたしの思考をすり抜けた。理性よりもずっと深いところ、本能に近い部分にまで彼の手は伸びる。そこは先のことなど考えない。もっと、もっとと欲しがるばかりだ。雄の匂いを放ちながら、激しく、けれど焦《じ》らすように時間をかけて、この唇を貪るドリュー。彼が欲しい。もっと欲しい。

背中がドアについたままの状態で体を持ち上げられた。ジェンナはドリューにしがみつき、その腿に両脚をからめた。その付け根あたり、熱く疼《うず》く柔らかな肌に、高まりきった硬いものを押し当てられてジェンナはうめき、もだえた。しがみつく腕に力を込め、身じろぎをして、望む一点に彼のものを導き……みずから強く押し当てる。幾重もの布に隔てられていながら、ドリューの巧みな動きにめくるめく心地にさせられる。彼の手が、じかに五感に触れているかのようだった。その手は、新しいジェンナを目覚めさせようとしていた。

恥じらいも何もかも忘れて、ジェンナはドリューをさらに近くへ引き寄せた。ストレッチの利いたドレスの襟ぐりが広げられ、押し下げられて、ローカットのブラジャーがあらわになる。ドリューの動きを助けるかのようにジェンナは背を反らし、彼の頭をかき抱いた。ドリューの唇が胸を這《は》い、ブラのレース越しに乳首を転がす。熱い舌がゆっくりとうごめくごとに期待の震えが体を駆け抜け、快感はどうしようもないほどに高まっていく。ジェンナは身をくねらせ、震わせて、ドリューにすがりついた。

いきなり何かが弾《はじ》け、初めての感覚が押し寄せた。とてつもない快感がうねりとなってジェンナを揺るがす。眼裏が真っ白になり何もわからなくなった。こんな絶頂があるなんて知らなかった。想像したこともなかった。

われに返るのにずいぶんかかった。どこにも力が入らず、息をするのがやっとだった。背中をドアに押しつけられ、ドリューの体で固定されたまま、顔を広い肩に突っ伏していた。両脚は依然として彼の体に巻きついている。

ジェンナは頭をもたげた。顔が燃えるように熱い。彼の上着が濃い色でよかった。滲《にじ》む涙でマスカラがひどいことになっているから。

ドリューが耳に鼻をすりつけ、首筋に唇を這わせる。ゆっくりとした動きでジェンナを誘う。きみが望むなら、まだまだ先があるよと。高まりきったものはずっと同じところにあるけれど、彼はそれを強く押し当ててはこない。じっと動かず、ジェンナからの合図を待っている。

しばらくはただ身を震わせることしかできずにいた。喘《あえ》ぐような呼吸を何度かしてから、ようやく思いきって彼の目を見た。すると現実がじわじわとよみがえり、頭を占めはじめた。

こんなことをしてはいけない。ルパートに捨てられたとき、あれほど傷ついたでしょう？　これはドリューにとってただのゲーム。行き着く先は見えている。打ちのめされるのがわかっていながら、続行はできない。

できない……そんな勇気は……ない。

「ああ、驚いた」ジェンナは囁《ささや》いた。唇が震えているのが自分でもわかる。「今のはなんだったの？」

「確かめてみようか」低くて甘い声がジェンナの芯を疼かせる。「二人で探索するんだ。まだまだ先があるかもしれない。もっと深いところまで行けるかもしれない。きみさえよければ喜んでつき合おう」

イメージが次々に浮かぶのを止められなかった。ジェンナのベッドに裸で横たわるドリュー。そのさまざまな姿態。これまで幾度も想像したことがあった。初めて彼と出会った日から、ドリューと過ごす官能的な夢を何度も見た。

でもドリューにとってセックスはごく軽いものだ。それは世に知れわたっている。一方ジェンナは、セックスと気持ちとを切り離しては考えられない。ましてや十年以上も想《おも》いつづけた人が相手となれば、とうてい無理に決まっている。

このまま進めばどうなるかはわかっている。ドリューは自身も楽しみつつ、わたしを気持ちよくさせてくれるのだろう。それはきっと、わたしの世界を揺るがすほどすばらしいセックスだ。

そうしてわたしは身も心も彼の虜《とりこ》になる。かたときも離れたくないと思いはじめる。彼にしてみればとてつもなく大きな重荷だ。彼は困惑し、そそくさと逃げだす。わたしは打ちのめされ、自分がいやになる。こうなることははじめからわかっていたのに、なぜやめておかなかったのかと、きっと自己嫌悪に陥る。

だめだ。もう傷つきたくない。たとえドリューがどれほど魅力的でも。

歯を食いしばるようにしてジェンナは言った。「最初から……はっきりさせておけばよかったわね」慎重に言葉を選んだ。「確かに、今回の計画に参加することは了承したわ。だけどセックスは契約外よ、申し訳ないけれど。そういうことを軽々しくできるタイプじゃなくて」

ドリューが顔をこわばらせた。それから体を引き、ジェンナをそっと床に下ろした。

「きみがそんな女性だなんて夢にも思わないよ」

ジェンナはそそくさとドレスを引っ張り上げてブラジャーを隠した。「わたしの態度が紛らわしかったのなら謝るわ。ややこしいことになってしまってごめんなさい」

「ややこしい？　ぼくがきみをいかせてしまったことか？　それなら気にすることはない。あの瞬間のきみはとてもすてきだった。こっちも嬉《うれ》しかったよ。一晩中でも見ていたいぐらいだった」

「そういうのはやめて」ジェンナはぴしゃりと言った。

ドリューは驚いた顔になった。「そういうのとは？」

「プレイボーイのお決まりの甘い台詞《せりふ》。女はみんなメロメロになるわね」ジェンナは後ずさりした。「ドリュー・マドックスのファンクラブに入会する気はないわ。その他大勢の一人にはなりたくないの」

ドリューの顔は変わらなかったが、目に驚きと憂いの色がよぎったように見えた。

「すまなかった」彼は言った。「きみの出すシグナルを読み誤ったようだ。さっさと退散するよ」

ドリューの目に浮かぶ表情がジェンナを苛《さいな》んだ。彼が何をした？　キスをして、愛撫《あいぶ》して、わたしを快感の頂へ導いた。それを罪だとして、わたしは彼を罰しているの？

「ごめんなさい。わたし、ひどいことを――」

「失礼」ドリューはジェンナを脇へ押しやった。「ドアを開けないと」

ドアが開かれた。彼に続いてジェンナも外へ出る。「本当にごめんなさい」追いすがるようにして言った。「あんなこと言うべきじゃなかったわ」

ドリューは振り返らずに片手を上げた。「気にしなくていい。率直に言ってもらえてよかったよ。おやすみ、ジェンナ」

車に乗り込む彼を階段の上から見ていた。ヘッドライトが灯《とも》り、エンジンがかかる。ジェンナは指が食い込むほど強く木製の手すりを握りしめ、階段を駆け下りたい衝動を抑え込んだ。

戻ってきて。あれで終わりにしないで。本気であんなことを言ったんじゃないの。ごめんなさい。許して。

そう叫びたかったが、こらえた。これまでの男性経験は豊富とは言えない。いちばん最近の過ちはルパートだった。彼のキャリアアップのためだけに利用され、結婚式を三カ月後に控えたある日、あっさりと捨てられた。

この世の終わりだとまで思いつめたのが、今となっては不思議なぐらいだ。衝撃、悲しさ、悔しさ、恥ずかしさ。たった今感じているそれらの感情は、あのときとは比べものにならない。たった二、三度、キスをしただけの人なのに。ドリューを拒むことが、こんなにも苦しいだなんて。わたしは貴重な宝物を手放し、輝かしい可能性に背を向けたのではないだろうか？

それでも、拒まなければならなかった。だってあれは美しい幻想に過ぎなかったのだから。現実を直視しないと、結局は痛い目に遭う。確かに、夢のような日々を送ることができるかもしれない――ドリュー・マドックスの目がわたしだけに向いているあいだは。けれどそうではなくなる日が必ず来るのだ。予兆もなく、突然に。理由はどうであれ。

そうなったら、わたしは絶望の淵《ふち》に突き落とされ、二度と這い上がれないだろう。

眠れない夜は忌ま忌ましいほど長い。そしてそんな夜はしょっちゅうやってくる。イラクでの戦闘から何年たっても、いまだにフラッシュバックがドリューを苛み、眠りはしばしば悪夢によって妨げられる。

果てしなく続くかと思われる闇の中、見えない天井をドリューは今夜も仰いでいた。真夜中にぱっちりと目を見開き、戸板のように体をこわばらせて、自分の欠点や失敗や失態についてぐるぐる考えつづけたあげく、彼はある決断をした。

今日の自分は、これまでで最大の過ちを犯した。エヴァの突飛な提案を受け入れ、そこへジェンナを巻き込んだのは、実に愚かな判断だった。しかし正直に認めるならば、ジェンナという女性に強く惹《ひ》かれたからこそ、そうしたのだった。彼女との距離を縮めたかった。

今夜の彼女の言葉がずっと頭の中でこだましている。

〝プレイボーイのお決まりの甘い台詞〟

〝ドリュー・マドックスのファンクラブに入会する気はないわ〟

〝その他大勢の一人にはなりたくないの〟

その他大勢？　いったい誰のことだ？

プレイボーイ。女たらし。麻薬常習者。そんな評判が定着してしまったのか？　末代まで語り継がれるのか？

そこまで言われるほどの所業に及んだ覚えはないが、別れた相手の中には、腹立ちまぎれにあることないことしゃべり散らす女たちもいた。ボニータとのことがあってからは常にパパラッチに追いまわされ、あげくの果てがこれだ。ソーベルのパーティーでの出来事は悪夢の最たるものだった。

あの夜を思い出すだけで胃のあたりが激しく締めつけられる。勲章まで授かった元海兵隊員が、体重五十キロにも満たない、睫《まつげ》をキラキラさせた小娘に薬を嗅がされ昏倒《こんとう》したのだ。思い返すたびに胸が悪くなる。

その吐き気を忘れるためのとっておきの方法が、ジェンナに思いを馳《は》せることだった。彼女の柔らかさ、匂い、扇情的なキス、世にも美しい瞳。しかし、もはやそれらも危険な落とし穴でしかない。

彼女を惑わせるようなことをするべきではなかったのだ。だがあのときは、とてつもなく大きくて獰猛《どうもう》な何かに、この身を乗っ取られたかのようだった。そうして愚かきわまりない言動に走ってしまった。

もう、やめだ。ジェンナにどう見られているか、わかっていながら芝居を続けるなんて無理だ。役員会がCEOをクビにしたければすればいい。命まで取られるわけじゃない。ビヨンド・アース・プロジェクトや、進行中のエコ・ビルディング計画の数々に携われなくなるのだけは残念だが。

これまでの実績からして、仕事にあぶれることはないはずだ。思いきって遠い土地へ移るという手もある。ニューヨークかトロントか、ロンドン、シンガポール、南アフリカ。シドニーもいいかもしれない。そこで心機一転、再スタートを切る。すべてを一からやり直すのだ。

真っ暗だった空の色が薄れてグレーになると、ドリューは眠ることをあきらめた。突飛なリアリティショーの顛末《てんまつ》を、発案者である妹にどう説明するか考えながら、時間をかけてシャワーを浴び、コーヒーをいれた。マルコム伯父はまた怒鳴り散らすだろう。ハロルドは両手を揉《も》み合わせてほくそ笑むだろう。その頃、自分は空の上だ。すべては、じきに過去になる。

独立も視野に入れようか。ヴァンとザックも誘って新しい事務所を設立するのだ。イラクで一緒だった彼らには、頼み込んでマドックス・ヒルに入ってもらった。ヴァンは財務、ザックはセキュリティ、それぞれの部門責任者だが、どちらもすこぶる有能だ。

いや、だからこそ、優秀な彼らのキャリアを中断させるのは間違っているかもしれない。自分が退社するからといって、友情にかこつけて二人を道連れにしていいのか。大人になれ、ドリュー・マドックス。

このあいだから、世間がそう教えてくれているじゃないか。いいかげん、学んだらどうだ。

エヴァはかんかんに怒るだろうが、ジェンナはほっとするはずだ。後味が最悪だった昨夜の別れを思えば、そうとしか考えられない。そもそもこの計画に加担したことを、彼女は悔やんでいるに違いないのだ。

ゆっくり身支度を調えても、まだ時間はたっぷりあった。ドリューは辞表をしたため、それをブリーフケースに入れて家を出た。道路は混んでおらず、駐車スペースも難なく見つかった。おかげで予定どおりの時間に〈ルビーズ・カフェ〉のドアをくぐれた。

エヴァと撮影クルーはすでに来ていた。奥のテーブルふたつを占めている。ドリューに気づいたエヴァが、さっと立った。ブラックジーンズにぴったりした赤いセーター、黒いアーミーブーツ。ラフなシニヨンヘアに赤い口紅。完全なる仕事モードだ。タブレットを掲げ大きく手を振る妹を見て、ドリューは暗い気持ちになった。

「おはよう、兄さん」大きな声だ。「すごいことになってるわよ！」

勘弁してくれ。ドリューは歯を食いしばった。「今度のダメージはどれぐらいだ？」

「何言ってるの、ダメージどころか、すごい宣伝効果よ！　いくらお金を注《つ》ぎ込んだって、こうはいかないわ。そんな暗い顔してたらハンサムが台なしよ。ほら、座って。コーヒーを持ってきてあげるから、そのあいだにわたしのお手並みをじっくり見てちょうだい」

ドリューは椅子に腰を落とすと、タブレットの画面をちらりと見た。目に入った写真にぎょっとする。マドックス・ヒルのロビーから脱出してジェンナと交わしたキス。その瞬間をさまざまな角度から撮られていた。ジェンナをがっちり抱きすくめ、背を弓なりに反らした彼女の唇を荒々しくふさいでいる。まるで、悪を倒したヒーローと、救いだされたお姫さまだ。

これはすごい。たいしたキスだ。

ヘッドラインがまた、彼をたじろがせる。まず〝建築界のカサノバ、今度のお相手は美しき科学者〟。そして〝恋多き建築家、美人研究者の唇を奪う〟。さらには〝天才建築家、早くも新しい玩具《おもちゃ》を手に入れた？　彼女はセクシーエンジニア〟。

なんなんだ、これは。

ドリューは深くうなだれ、タブレットを押しやった。結局ジェンナを無傷で解放してやることはできないのか。このままでは、よくて男にもてあそばれた哀れな女。最悪なのは……。

いや、今から最悪の事態を想定してもしかたない。

エヴァが香《かぐわ》しい湯気の立つコーヒーカップを兄の前に置いた。隣のテーブルに腰をのせ、期待に満ちた目を向けてくる。「どう？」

「どうって？」苦々しい声になる。「ぼくに続いてジェンナの評判も坂を転がり落ちてるってことだ。それも加速度的に。それを喜べと言うのか？」

エヴァは呆《あき》れたように目玉をくるりと回した。「わかってないわね。ベヴは完全にジェンナの虜。ヘンドリックは妻の言いなり。役員会は来週まで開かれない。つまり、この調子でいけば、じゅうぶん彼らの目をくらますことができるわけ。そう思わない？」

「それなんだが」ドリューは険しい顔で言った。「一晩考えて――」

「ちょっと待って。あとで聞くわ。セクシーエンジニアのお出ましよ！」エヴァは弾かれたようにテーブルから下り、駆けだした。

ドリューは身がまえ、ゆっくりと振り向いた。

エヴァがジェンナの首にかじりつき、ぴょんぴょん飛び跳ねている。おかげでジェンナのストロベリーブロンドの巻き毛も弾んでいた。少ししてジェンナが笑いながら体を離し、はしばみ色の目をちらりとドリューに向けた。

視線がかち合っただけで、昨夜の場面のひとつひとつが鮮やかによみがえった。ジェンナの匂い、肌の手触り。唇の、口の中の甘さ。この指にからんだ髪のしなやかさ。悦《よろこ》びにわななく体。喘ぐ声。

ドリューの頬が熱くなった。下半身が疼く。

向こうも気まずいだろうと、ドリューは遠巻きにしていた。が、いらぬ気遣いだった。ジェンナは彼など存在していないような顔でコートを脱ぎ、かけた。体のラインが出る黒いセーターにタイトスカート。ウエストのくびれを強調するゴールドの細いベルト。黒いタイツ。編み上げブーツの先はずいぶん尖《とが》っているから、プレイボーイの軽い尻を異次元まで蹴飛ばすには最適だ。アレンジなしの豊かなカーリーヘアが背中で揺れている。

「おはよう」思いきって、だがためらいつつ、ドリューは声をかけた。

ジェンナは一瞬だけこちらを見た。「おはよう」感情のこもっていない声だった。そっけなく、よそよそしい。

「座って、座って」エヴァが急《せ》かす。「見てよ、これ！」ドリューからタブレットを取り上げ、ジェンナに差しだす。「ね、すごいでしょ？　二人ともほんとによくやってくれたわ。本物の恋人同士にしか見えない！　ああ、もう、最高！」

「これって……」ジェンナは画面をスクロールしては写真の一枚一枚に見入った。「すごい」ぽつりとつぶやく。「確かに……すごいわね」

「でしょう？」エヴァは得意満面だ。「美人研究者よ、あなた！　今ごろルパートのやつ、シリアルにむせて死にそうになってるわよ。そばにケイリーしかいないんじゃあ、気道確保は無理ね。あーあ、お気の毒」

ジェンナは小さく鼻を鳴らした。「ルパートはこんな記事、見てないと思うけれど」

「ううん、あなたの名前が出れば通知される設定にしてあるに決まってる。あの嫉妬深さは尋常じゃないもの。エンジニアとしてとうてい敵《かな》わないあなたに、ずっと嫉妬していたじゃない。あいつはね、あなたと結婚するわけにいかなかったのよ、ジェンナ。だって、自分自身があなたになりたかったんだから」

ジェンナは眉間に皺《しわ》を寄せ、記事のひとつをざっと読んだ。「玩具呼ばわりされたのは生まれて初めてだわ。男性用トイレに落書きされるのかしら。〝わたしと遊びませんか？どこそこに電話してね〟なんて。セクシーエンジニアのほうは、ある意味褒め言葉かも。ねえ、わたしはどうすればいい？」

「面白がってればいいのよ。受け入れて平然としてるの。というか、そうするしかないでしょ」

「セクシーな玩具はどんな格好をするもの？　高いヒール？　短いスカート？　長い爪に、うんと濃い口紅？　黄色い声でキャーキャー叫ぶ？」

エヴァは鼻を鳴らした。「それ、ケイリーのこと言ってるわね」

「ケイリーって？」ドリューが訊《き》いた。

「わたしの元フィアンセの下でインターンをやってた人。二十三歳。今は彼の奥さんよ。ただいまバリのビーチでハネムーンを絶賛満喫中。二人には幸せになってもらいたいものだわ」

「お似合いの二人だわよ」エヴァが痛烈に言う。「小娘にころっといっちゃうルパートとお色気たっぷりのケイリーは。彼女、お目々もおっぱいも無駄に大きいのよ」

「なるほど」ジェンナがつぶやく。「やっぱりわたし、ブラに詰め物をするべきじゃない？　あと、眼鏡もやめて――」

「だめだ」ドリューは思わず声を出した。

エヴァとジェンナが驚いた顔で彼のほうを見る。

「詰め物はいらない。今のままでいい。それにぼくは眼鏡をかけたきみが好きだ」

しまった。よけいなことをぺらぺらと。鞄《かばん》に辞表を忍ばせているのはなんのためか思い出せ。「実は二人に話したいことがある」口早に続けた。「昨夜、あらためてじっくり考えてみたんだ。で、やはりこんな計画を実行しようとしたのは大きな間違いだったという結論に至った」

眼鏡の奥でジェンナの目が険しく細められた。「あら、そう。どうして間違いなのかしら？」

彼女の冷ややかな口ぶりがドリューには意外だった。「お互い、こんなことをしている暇はないじゃないか。特に、きみのほうは。きみは大事な仕事をしている。尊い仕事だ。パパラッチ相手に猿芝居を打ってる場合じゃないだろう」

エヴァが胸の前で腕組みをした。「冗談じゃないわ。今さらやめられるわけないでしょう？　こんなにうまくいってるのに。わたしは全力を尽くしてるのよ。それに、忘れないでほしいんだけど、これは兄さんだけのための計画じゃないの。アームズ・リーチの名前と実績を世間に知らしめるためでもあるんだから」

「しかしこんな形でアームズ・リーチの知名度が上がったとして、本当に嬉しいか？」

エヴァは肩をすくめた。「別にかまわないわ。昔から言うでしょう？　どんな広告でも名前が売れれば勝ち、ってね」

「こじつけはやめてくれ。自分でもわかってるんだろう？　そんなことを言ったら、そもそもぼくのスキャンダルだって会社に損害など与えないことになる」ドリューは言い、ジェンナのほうを見た。「きみは玩具なんかじゃない。そのふりをする必要もない」

ジェンナの眉が、くいっと上がった。「そう。つまりあなたは怖《お》じ気《け》づいた。わたしから逃げたいのね？」

ドリューは驚愕《きょうがく》した。「怖じ気づいた？　逃げる？　なんなんだ、それは。ひょっとしてきみは、茶番の続行を望んでいるのか？」

ジェンナは肩をすくめた。「今のところ、タブロイド誌におけるわたしは単にセクシーな玩具よ。だけどもしあなたに逃げられたら、捨てられた玩具、用ずみの玩具になる。遊ばれ方が下手すぎて、プレイボーイをたったの一晩も楽しませることができなかった情けない女にね。見出しがすでに目に浮かぶわ。〝天才建築家、新しい玩具を早くもお払い箱に〝オタクは無理だ、さようなら〟。わたしは世間の笑いものよ」

「ジェンナ――」

「ベヴは当惑するでしょうね。大見得を切ったくせに、って。わたしとは目を合わせるのもいやになるんじゃないかしら。ブリッカー財団との提携話はもちろんご破算」ジェンナは言葉を切った。「もちろん、それぐらいでわたしが仕事をやめるわけはないけれど、ずいぶんやりにくくはなるでしょうね」そこで彼女は腕組みをした。顎をつんと上げ、ドリューを睨《ね》めつける。

ああ、そんな表情さえも魅力的だ。

ドリューは用心しつつ言った。「昨夜あんなことを言ったきみだから、これで終わりとなれば喜ぶに違いないと思ったんだが」

「ええ?」エヴァが忙《せわ》しなく二人のあいだを行ったり来たりした。「昨夜、何かあったの?」

「おまえには関係ない。内輪の話だ」

エヴァが目を見開いた。「内輪の話? 何、それ? 教えなさいよ。あ、いけない。わたし、またうっとうしいやつになってる?」

「ええ、そうね。訊かれたから答えるけれど」ジェンナが言った。「彼には彼の考えがあるのよ」

エヴァはげらげら笑いだした。「ああ、もう。またたわ」

「またって、何がよ?」ジェンナはうんざりしたような口調で言った。

「あなたたち、またそうやってタッグを組んでわたしに対抗してくる。この感じ、たまらないわ」

妹はしゃべりつづけたが、その声はじきに耳障りなBGMでしかなくなった。ドリューに見えているのはきらめくジェンナの瞳だけだった。彼女は高く頭をもたげて背筋を伸ばし、片眉を上げている。立ち上がって挑戦する気はあるのかと、無言でドリューに問いかけている。

あるとも。きみのおかげで、すでに臨戦態勢だ。いろいろな意味で。

ドリューは知らず知らずジェンナの全身を眺めまわしていたが、自覚してからもやめようとは思わなかった。やがて彼女の頬の赤みが濃くなり、視線がそらされた。

よし。彼女はまだぼくを男と認識している。人としての評価はともあれ。

「わかった。捨てられた玩具などというレッテルがきみに貼られるのは、ぼくだっていやだ」ドリューは身を乗りだすとイングリッシュマフィンのサンドイッチをひとつつかんだ。

「このまま芝居を続けよう」

ジェンナも皿に手を伸ばして自分の分を取った。一口めを頬張ったドリューを、彼女は横目でちらりと見て一瞬微笑《ほほえ》んだ。

マフィンは美味《うま》かった。具はスモークハムとポーチドエッグとグリュイエールチーズ。チーズはまだ温かくて、とろとろだ。

ドリューは急に、五つぐらい食べられそうな気がしてきた。

7

「なんでメイクなんてしないといけないのさ。ぼく、いやだよ」マイケル・ウーはメイク担当のスーザンが構えるブラシから、身をよじって逃れようとする。「くすぐったいし、変な匂いするし」

「そのままだとね、照明が当たったとき顔が真っ白になっちゃうのよ、マイケル」ジェンナは辛抱強く説明した。これで何度めだろう。「幽霊みたいに見えちゃうんだから」

「じゃあぼく、幽霊でいい。全然いいよ」マイケルはなおも反抗する。

エヴァが、すっとやってきて隣の椅子に浅く座ると、優しい笑顔で彼に話しかけた。

「ねえねえ、マイケル。このビデオってさ、すっごくたくさんの人が見るんだよね。だからほら、かっこよく映してもらおうよ」

さすがはエヴァ。ジェンナは彼女に任せることにした。十三歳のマイケルは、この華やかな大人の女性に憧れを抱いているのだ。こういうときにはそれが役に立つ。

マイケルの笑い声が聞こえてきたのでジェンナは振り返った。いつの間にか、スーザンにドーランを塗らせながら嬉《うれ》しそうにエヴァとおしゃべりをしている。まったく。生意気だけど可愛《かわい》い子だ。

今日は、最新技術を駆使した義手の使い手三名を撮影することになっている。彼らが装着開始前に受けた神経移植手術には高額の費用を要したが、すべてＡＩ＆ロボティクス・インターナショナル・アワードの賞金でまかなわれた。マイケルは髄膜炎菌性髄膜炎のため片腕を肘の下から、もう片方は肘上から失ったが、断端の皮膚に、もともと手指まで走行していた神経を移植する神経再生手術を受けた結果、両手に繋《つな》がる神経インパルスを獲得できた。今では義手を自分の意思どおりに動かせるし、感覚のフィードバックも受け取れる。どれぐらいの力で押したか、握ったか。どんな手触りか。熱いか冷たいか。そういったことが実感できるのだ。涙ぐましい訓練のすえ、マイケルはモーター制御の達人になった。

あとの二人は、ロディ・ヘプナーとチェリス・カーツ。海兵隊にいたロディはアフガニスタンでの簡易爆弾爆発により片腕を失った。しぶしぶながらメイクを終えた彼は今、壁際のソファでドリューと話し込んでいる。

ジェンナが近寄るとドリューの声が聞こえた。

「……ファルージャにいたんだ。最初は歩兵大隊。M252追撃砲小隊の小隊長だった」

ロディが訳知り顔でうなずいた。「じゃあ、ファルージャの戦闘でやられたんだな」

「いや、やられたのはもう少しあと、ラマーディーでだ。背中に二発食らった。一発は第五腰椎を砕いて脊柱管に遺残した。ウォルター・リード陸軍病院に三カ月いたよ。今、普通に歩けているのは奇跡だな」ドリューは言葉を切った。「生きているのも」

「似た者同士だ。おれは最初ラントシュトゥールで、そのあとがサン・アントニオだった」ロディがジェンナに気づいた。とたんに髭《ひげ》もじゃの口もとに大きな笑みが広がった。

「よう、先生！　聞いたぜ。この御仁と結婚するんだって？　びっくりだよ。おれはまた失恋しちまったな」

「それはそれは、お気の毒さま。ずいぶん早耳だこと」

「相手がおれじゃなかったのは残念だが、ま、元海兵隊員なら、よしとするか」ロディはあっさりと言った。「前のやつとは月とすっぽんだ。あいつだけはどうしても認められなかったね」

ジェンナは声をたてて笑った。「ミュージシャンだってこと、ドリューに教えてあげた？」

「ああ、先生たちがドラムスティック用の特別なアタッチメントを作ってくれたって、話してたところさ。反発力と柔軟性があと一歩だってのも言った。それでもここんとこ、鬼のように練習してるんだぜ。ルームメイトに死ねとか言われるけどさ、案外いけてるリズムが生まれたりするんだよな。腕が二本のドラマーには絶対無理なやつ」ロディはにやりと笑った。「まずはシアトルのミュージックシーンを席巻《せっけん》するだろ？　そしてお次は世界征服だ」

「ロディは自分で曲を作るのよ」ジェンナはドリューに言った。「いくつか入ったデモテープをもらったけど、どれもすごくいいの」

ロディの笑みがやや翳《かげ》った。「ただ、あれはまだベースもギターもキーボードも弾けたときに作ったやつだから、全部のパートを自分で演奏してる。とは言ってもだ、コードは弾けなくても曲はまだ書けるし歌いもできる。そうだ先生、おれを結婚式に呼んでくれたら、ファーストダンスにお気に入りの曲を演奏するぜ。すげえ気に入ってくれたのがあっただろ？《欲しくてたまらない》だっけ？」

ジェンナにはドリューの顔を見る勇気はなかった。つかの間、気まずい沈黙が流れた。

ロディが笑いながらジェンナに義手を向けて振った。「いや、そりゃそうだよな、わかってる。チェリスが言ってたけど、彼氏さんはすげえ有名な建築家なんだって？　だったら結婚式にはモーツァルトの弦楽四重奏あたりだよな。いいと思うよ。モーツァルトはおれも評価してる」

このときにはジェンナはもう気を取り直していた。「ううん、ロディ。わたしの結婚式の曲は『欲しくてたまらない』しか考えられないわ」心からの言葉だった。「約束よ。いつになるか、どこでやるか、全然まだわからないけれど」

「ええ？　まいったな」ロディは照れたように笑ってから、考え込む顔になってジェンナとドリューを見比べた。「まずは彼氏さんにデモテープを聴いてもらったほうがいいんじゃないか？　おれのみたいな無骨なカントリーロックは好き嫌いがあるからさ。だめならだめと言ってくれて全然かまわないし」

「無骨なカントリーロック、いいね」ドリューが言った。「ぜひ聴かせてもらいたい」

「そりゃあ嬉しいな。じゃあ、先生が持ってる音声ファイルを聴いてみてくれ」

「楽しみだ。生でも聴いてみたいな。近場でやる予定は？」

ロディの表情が曇った。「ないな。腕をなくしてからはさっぱりだ。四つの楽器ができてたときは結構ライブもやってたんだが。今はドラムとボーカルだけだし、しかも片腕ときちゃ……なかなか難しいさ。クラブのオーナーはそこしか見ないからな。チャンスは巡ってこない。今はまだ」

「よーくわかるわ」

その声に二人が振り向くと、チェリス・カーツがそこにいた。今日の三人めの主人公だ。スーザンがぞんぶんに力を発揮できる唯一の相手だけあって、メイクの出来はすばらしい。前回のPRビデオで彼女の髪は青緑色だった。今日は両サイドが刈り上げで、目にかかる一筋の前髪がピンクから紫へのグラデーションになっている。

「いいじゃないか、その頭」ロディが言った。「相変わらず、ぶっ飛んでるな」

「ありがと、ロディ」

二人はゆっくりとこぶしを突き合わせた。義手が軽く金属音をたてる。

もともとグラフィックデザイナー志望だった二十五歳のチェリスは、骨肉腫のため右腕を失った今、もう一度描けるようになるのが目標だ。

チェリスはジェンナをぎゅっと抱きしめると、彼女の背中を義手でぽんぽんと叩《たた》いた。

「聞いたわよ、先生！　また婚約したんですって？　こないだ会ったときはルパートと別れたばっかりだったわよね。あれはほんと、つまんない男だった。さっさと次に行ったのは大正解」

「そうでしょう？　婚約したのは、まあ、わりと最近だけれど」ジェンナは動揺しつつ答えた。「ドリューを紹介するわ」

チェリスはしげしげとドリューを眺め、それからジェンナに顔を戻して耳打ちした。

「すごーい。めちゃくちゃかっこいい」

「気をつけて、チェリス」ジェンナは囁《ささや》いた。「褒めすぎると本人が調子に乗るわ」

「わかった、できるだけ我慢する。そうだ、そろそろ始めましょうって、エヴァが。今日はあたしから行かせてもらうわよ、そこの男子たち。待ってるあいだにマスカラが滲《にじ》んじゃうといやだから」

撮影の準備が調った。まずジェンナがチェリスの腕の断端部にセンサースリーブを装着するところを見せる。続いてリング状の筋電センサーをつけ、断端部から突出するプラグに義手をはめ込む。〝オッセオインテグレーション〟と呼ばれるインプラント術によって埋め込まれたこのプラグは骨と結合しているため、皮膚に負担をかけることなく義手を装着できるのだ。ねじ込み、かちりと音がすれば、もうそれでいい。

「曲げて。つかんで」ジェンナが指示を出す。

チェリスはやすやすとそれをこなした。

「親指とほかの指を合わせてみて」

チェリスは言われたとおりにした。コツ、コツ、コツ、コツ。反対側からもう一度。すばやく、滑らかな動きだ。

「上手、上手」ジェンナが声を弾ませる。「やるたびに上達してるわね」

「じゃないと困るわ」チェリスは勢い込んで言った。「毎日毎日、日に十六時間は練習してるんだもん。あたし絶対、夢を叶《かな》えるんだ」

「夢は何？」ドリューが訊《き》いた。

「グラフィックデザイナーになりたいの。だけど去年、あっちこっちの学校に願書を出したところに病気が発覚しちゃって。出端《ではな》をくじかれちゃった感じだけど、あたし、全然あきらめてないから。ほら、見て、今はこういうの描いてるの」

チェリスが大きな紙挟みを掲げると、カメラマンをはじめ、みんながそばへ寄った。テーブルに置いたそれを、彼女が義手の指で開くのに少しかかった。

そうして現れたのは、たくさんの義手のイラストだった。チェリス自身が使っているのと同型だが、それぞれが大胆な色使いのモチーフで彩られている。

「義手のデコレーション、いろいろ考えてみたの」ページをめくりながらチェリスが言う。「これはそのうちの一部。ほら、フェアリーキングダム、サンダードラゴン。あとは、スカルスネーク、シス卿《きょう》、スターソング、エルフ国ね。で、これがあたしのいちばん好きなやつ、ゴブリンキング。どれも簡単に剥がせる接着剤でつけてあるから、気分に応じて手軽に絵柄を変えられるの」

「すごいじゃないの、チェリス」ジェンナが言った。「すばらしいアイデアだわ」

「これ全部、義手で描いたのかい?」ドリューが尋ねた。

「そうよ。時間はかかるけど、ちょっとずつ進歩してるかな。左手で描く練習もしてるしね」チェリスはジェンナのほうを向いた。「いつかアームズ・リーチのパンフレットとかオンライン・カタログに、このデコレーションシリーズが加わったらいいな。自分の手足をなくした人たちにだって、ファッションで自己主張する権利はあると思うんだよね」

「すごくいい考えだわ。検討してみましょう」

「あと、ネイルができる義手をぜひ作ってほしい。女子にネイルは必須だもん」

「やってみるわ」ジェンナは力強く言った。

「この案はデザインスクールの出願時に提出したのかい?」ドリューが問う。

「ううん、これを始めたのはもっとあと。スクールのほうは全滅よ。不合格通知が山積みになってる。でも大事な山よね。成功談の陰にはいくつもの失敗談が隠れてるって言うじゃない?」

「このプロジェクトなら、きっとどこのスクールにも興味を持ってもらえるよ」ドリューは言った。「ここまで作者の思い入れが感じられる作品はそうそうないはずだ」

「うわあ」チェリスが顔を輝かせた。「どうもありがとう、ハンサムさん。最高に嬉しいね」それからジェンナを見やり、紅潮した頬をぱたぱた扇《あお》ぐしぐさをした。お幸せにね。

チェリスは口の形だけでそう言った。

ジェンナの胸がちくりと痛んだ。ベヴのときもそうだったが、チェリスやロディの前でカップルの演技をするのはいたたまれない思いだった。自分にとって大切な人たちにこんな重大な嘘をつくなんて、罰当たりもいいところだ。

やめようと思えばやめるチャンスはあった。今朝、あのカフェで。でもわたしは自分からチャンスをつぶしたうえに、ドリューを煽《あお》るようなことを言って続行を決めさせた。捨てられた玩具《おもちゃ》と呼ばれるのがいやで。ただただ自分のプライドが傷つくのがいやで。ああ、つくづく浅はかだった。

こうなったらもう、歯を食いしばってでもやり抜くしかない。

8

カメラの前で器用にドラムスティックを操るロディに、ドリューは目を奪われた。ここに至るまでの本人の努力はいかばかりだったろう。

見るものすべてにドリューは感銘を受けていた。ジェンナたちの奮闘とその成果はもちろんのこと、エヴァの仕事ぶりにも。妹の生業《なりわい》がなんであるのか、漠然とは知っていたものの、実際に見るのは初めてだった。やるべきこと、そのための手法、すべて知り尽くしたベテランの風情さえ漂わせて、リーダーシップを遺憾なく発揮している。スタッフがみな、彼女の期待に精いっぱい応えようとしているのがわかる。

とはいえ、そんな感想をエヴァ本人に伝える気はさらさらなかった。それでなくても生意気で小うるさい妹だ。これ以上いい気になってもらっても困る。

次の撮影の準備が始まり、ドリューは邪魔にならないところまで下がった。大勢がばたばたと動きまわる部屋の片隅で、丸刈り頭の少年がソファに座って待っている。痩せた体には大きすぎるTシャツ。『エンジェル・アセンディング』のイラストがプリントされている。少年の左右にいるのは母親と祖母だろう。一人の女性の若いバージョンと老いたバージョンかと思うほどよく似ている。どちらも小柄で華奢《きゃしゃ》。後ろで結んだ髪を母親は編み、祖母はお団子にしている。母親の髪は黒、祖母のほうは真っ白だ。

ドリューは彼女たちに会釈してから少年に話しかけた。「きみがマイケルだね？」それからTシャツを示した。「『エンジェル・アセンディング』が好きなのかい？」

少年が目を輝かせた。「うん。すごく面白いゲームだもん」

「映画はみた？」

「みたに決まってるじゃん。ラース・フィーハン、かっこよかったなあ」

同じゲームに興じる者同士、話が弾んだ。義手の使い手でありながらマイケルのレベルはドリューよりずいぶん上だった。熱弁をふるう彼を、少し離れたところからジェンナがにこにこと見守っている。

「レベルを上げたかったら、ゲーマーのYouTubeをみて研究するといいよ」マイケルが真剣な顔で教示する。「ぼくも古文書と異次元への入り口については、そうやって知ったんだ。あ、先生、こんちは」

「こんにちは」ジェンナはマイケルの母と祖母にも笑顔を向けた。「今日もよろしく、ジヨイス。ミセス・ウーも。ねえマイケル、前回、柔軟性を調整したけれど、調子はどう？　文字を書くのとかタイピングとか、やりやすくなった？」

「字は書かないしタイプもしないんだから、ご返事のしようがないんじゃないかしら？」

ジョイスが息子をにらんだ。「朝から晩までゲーム三昧なんだもの」

マイケルが目玉をぐるりと回した。「そんなことないじゃん。字もタイプも、うん、だいじょぶだよ。ばっちり」

「それじゃ、見せてもらいましょうか」ジェンナが彼を手招きした。

彼らに続いてドリューも移動した。ライトに照らされたエリアでカメラマンが待ちかまえている。ドリューは手出しも口出しもせず見るだけだが、準備をするジェンナたちの手際は見事だった。マイケルの断端にセンサースリーブをセットし、義手をはめ込む。クロムメッキの銀白色と黒のツートーンだ。

「かっこいいなあ」ドリューは言った。

マイケルがにやりと笑った。「うん。ターミネーターみたいでしょ」

「じゃあ、マイケル」ジェンナが指示する。「指を曲げて……握りこぶしにして……親指をほかの指と合わせて……うん、とってもいいわ。がんばって練習したのね。次は神経パッドのテストよ。目を閉じて」

マイケルがきつく目をつむった。「いいよ」

ジェンナの指先が義手にランダムに触れていく。

そのつどマイケルが答えた。「右手人差し指。左手小指。左手首。右手首の内側。右手中指。左手薬指。右手薬指。右手首。左の手のひら」

「すごいじゃない。前回よりさらによくなってるわ。あのときだってじゅうぶんすごかったけれど。次はゲームをやってもらうわね」ジェンナはマイケルをゲーム機の前に座らせた。「ほら、あなたのために用意したのよ」

マイケルはモニター前の椅子に腰を下ろし、体勢を整えた。カメラマンが静かに移動してカメラを構え直す。マイケルは義手の指でタッチパッドに触れ画面を起動させ、自分のアカウントにログインすると、満面の笑みで母親のほうへ振り向いた。「パッドの感じ、わかるよ、ママ！　ちょっとべたついてて柔らかい！」

「よかったわね、マイケル」ジョイスも嬉《うれ》しそうだ。

「今日は新しい入り口を突破してみせるからね」マイケルはドリューに言い、コンソールを手にした。「やらずに取っといたんだ。ほら、盛り上がるとこだから、撮影向きだと思ってさ」

「それはそれは、お気遣いどうもありがとう」エヴァが笑った。

肩越しにいたずらっぽい笑い顔を見せてから、マイケルは金属製の指を慎重にボタンの上に持っていった。「みんな、幸運を祈ってて」

誰もが固唾《かたず》をのむ中、ロゴマークと『エンジェル・アセンディング』のオープニングシーンが浮かび上がった。すぐにマイケルのアバターが現れて走りだす。ガゼルのようにぴょんぴょん飛び跳ねながら森や草原を抜け、崖の上まで来た。

「さあ、行くぞ」マイケルは小さくつぶやいた。「フルパワー……よし、跳べ」

アバターが跳んだ。大きく開かれた翼が銀色にきらめき、風をはらんで帆のように膨らむ。ゲームの始まりだ。

それから数分間、マイケルは真剣な面持ちでプレイに集中した。アバターは魔法の扉を次々に突破していき、やがて黄金の光のまったただなかへ飛びだした。

「やった！　ついにやった！　レベル13！　ドラゴンの翼が手に入った！　超すごい！

ねえねえ、ママ、見てた？」

ジョイス・ウーが、わっと泣きだし、両手で顔を覆った。

マイケルが驚いて体の向きを変えた。「ママ？　どうしたの？」

「ごめんなさい、マイケル」ジョイスは声を詰まらせた。「ママ、嬉しくて……だって、こんなに楽しそうにしてるあなたを長いこと見ていなかったから」

「ママ、泣かないで」マイケルが母に抱きついた。義手を母の体に回して、背中を優しく叩《たた》く。片方の手を置いたところに三つ編みがあった。マイケルは人工の指二本でそれをつまむと、そっと引っ張った。

「ママの髪だ。ぼく、わかるよ」驚いたような声で言った。

それがまたいっそうジョイスを泣かせ、見ているドリューの喉にも熱いものが込み上げた。同時にドリューは、脇腹に何か柔らかいものがぶつかるのを感じた。さらに、針金のような腕が胴に回された。

年かさのほうのミセス・ウーだった。やはり涙を流している。彼女も誰かに抱きつかずにいられなかったのだろう。たまたまいちばん近くにいたのがドリューだったのだ。ドリューはミセス・ウーをそっと抱き寄せた。そうする以外、ないではないか。彼女の白い頭越しに、エヴァの笑顔が見えた。この瞬間を撮れとカメラマンにジェスチャーで指示している。

そしてドリューはジェンナに目をやった。とたんに、すべてが、すべての人が、頭から消し飛んだ。

ジェンナは輝くような笑みをたたえてドリューを見ていた。その瞳は潤んでいる。眼鏡を取り、目の下をそっと押さえ、ティッシュで鼻をかむ。

極上の笑顔にドリューは見惚《みほ》れた。この顔を毎日見たい、いつまでも見ていたい、この笑顔を引きだすためならどんな努力も惜しまない――そう思った。

ミセス・ウーはいっこうに離れようとしない。そんなことも気にならないぐらい、ドリューはジェンナの笑みに心奪われていた。鳥のヒナでも抱くように注意深くミセス・ウーの体を抱きながら、彼はこのひとときの幸せをぞんぶんに味わった。

こんな気持ちになったのはいつ以来か……いや、思い出せない。たぶん、これが初めてだ。

ついに体を離したミセス・ウーが、母親がするようにドリューの背中を優しく叩いた。ドリューがマイケルのほうを見ると、彼の瞳も濡《ぬ》れているようだった。

「『エンジェル・アセンディング』はオンラインでやってるよね？」ドリューはとっさにそう言った。

「うん、もちろん」マイケルが答える。「もうやめなさいってママに言われないかぎりはね」

「まだまだきみに敵《かな》わないのはわかってるけど、一緒にやらないか？　ぼくがゲームをやるのは眠れないときだから、始めるのはたいてい真夜中過ぎになるんだが、二時間ぐらい早めるよ」

「そこは四時間でお願いしたいわ」ジョイスが横から言った。「この子は十時半には寝ないといけないの」

「ママ！」マイケルが口を尖《とが》らせて母親をにらんだ。「よけいなこと言わないでよ」

「十時半までには終わらせるようにしよう。約束だ。そうそう、ぼくはときどきラース・フィーハンともやるんだよ。彼もやっぱり夜型でね」

マイケルの目がまんまるになった。「うっそ！　ラース・フィーハン？　『エンジェル・アセンディング』の映画の主役がプレイするの？　マジで？」

「ああ、マジだ」ドリューはうなずいた。「暇さえあればやってるよ。腕もなかなかだ。最後に会ったときはレベル8に入ったところだったが、あれからだいぶたつから、きっとさらにレベルアップしてるに違いない」

ジェンナも驚きに目を瞠《みは》っている。「ラース・フィーハンと知り合いなの？」

「ああ。何年か前に映画プロデューサーの別荘を設計したことがあって、その関係で。近いうちに彼も入れて三人でプレイしよう」

「ラースと……あのラース・フィーハンと！」マイケルは夢見るような面持ちで何度も言った。「黄金の天使だよ！　最高にかっこいいんだよ！」

「それ、いいわね。もしラース・フィーハンと繋《つな》がりができたら、アームズ・リーチをP

Rする絶好のチャンスよ」エヴァは抜け目がない。「彼のツイッターのフォロワー数、三千万なんだから」

「きっと協力してくれるよ。心の広い男だから」

「それにしても、びっくりだわ。あなたとラース・フィーハン」ジェンナが言った。「ハリウッドの超人気俳優と世界を股にかける売れっ子建築家。そんな二人が一緒になってゲームで遊んでいるなんて。よくそんな時間があるわね」

時間はある。眠れぬ夜は長いのだ。だが、悪夢やフラッシュバックに苛《さいな》まれているなど、今ここで明かす必要はまったくない。

「ゲームは心の癒《いや》しだよ」ドリューは言い訳をひねりだした。「ストレス発散にもってこいなんだ」

「それはね、どう説明したって無理だよ」マイケルが悟りきったような調子で言う。「自分でプレイしないと絶対わかんないって。ゲームをやらない人はみんな言うよね。〝脳みそ腐っちゃうよ〟とか〝時間の無駄遣いだ、時間っていうのは二度と取り戻せない貴重なものなんだ〟とか、もうほんと、耳にタコだってての」

「そうそう」カメラクルーの一人が顔をしかめてうなずいた。「うちの奥さんも、よくそれを言うんだ」

「さてと、みなさん」エヴァがぱんぱんと手を叩いた。「今日のところはこれでおしまいにしましょう。お疲れさまでした。みんな、よくやってくれたわ。次回もどうぞよろしくね」

あちらでもこちらでも温かなハグが繰り返され、ドリューも自然とその輪に巻き込まれていた。「オンラインできみを捜すからね」彼はマイケルに言った。

「〝CyborgStrong8878〟で捜して」マイケルはぎゅっとドリューを抱きしめると、興奮冷めやらぬ様子でしゃべりつづけながら、両サイドに母と祖母を従えて帰っていった。

ウー一家、チェリス、ロディが去って、自分も自由の身になったのはわかっていた。それでもドリューは、撮影クルーが後片付けをするのを眺めつつその場にとどまっていた。立ち去りがたい思いがあったのと、少し前からジェンナの姿が見えなくなっていたからだった。彼女に挨拶をするまでは帰りたくなかった。そしてできれば、あのすばらしい笑顔を最後にもう一度、見せてもらいたかった。

ジェンナとエヴァが戻ってきた。エヴァがスマートフォンを耳に当てたままドリューを手招きした。こちらが近寄っても通話を続けている。

「策士ねえ。大好きよ、そういう人。わかった、二人にはわたしから話しておく」エヴァはスマートフォンをポケットに入れた。「このあとわたしはオフィスへ戻って編集作業に入るんだけど、今の電話、アーネストからよ。用件その一、〈ピエポリ〉に予約の電話を入れました。今夜八時、二人分。用件その二、その時間と場所はパパラッチにリークずみです。何社かは食いついてくるでしょう」

「写真を撮らせるの？　なんの準備もしていないわよ。今日はもうよれよれだし」ジェンナが不安げな顔になった。

「何言ってるの」エヴァが叱咤《しった》する調子で言う。「メイクの女神スーザンが本気で仕事をしたのよ。きれいに決まってるじゃない。このままの勢いで突っ走るのよ」

「おまえのは暴走だ」ドリューは口を挟んだ。「今日は忙しかったじゃないか。彼女を休ませてあげてくれ」

「疲れてたって食事はするでしょ？」エヴァはもっともなことを言う。「そのついでだと思ってよ」

ドリューはジェンナを見た。「無理にとは言わない。少なくとも、ぼくは言わない。まっすぐ家へ送ってもいいし、なんなら別の店で食事をしてもいい。もっとくつろげる静かな店で。とにかく、決めるのはきみだよ。ほかの誰でもない」

エヴァが大きなため息をついた。「むきにならないでよ、兄さん。ここでこんなに手こずるとは思わなかったわ」

ドリューはジェンナに注いだ視線を動かさず答えた。「彼女をこき使うのはもうやめるんだ」

エヴァが今度は鼻を鳴らした。「わかってやってるんでしょ。兄さんがジェンナの肩を持てば持つほどわたしの闘志に火がつくって」

「おまえのことは何も考えていないよ」ドリューは静かに言った。「ジェンナがどこで何を食べるかは彼女が決めることだ」

ジェンナの顔がほころんだ。ドリューを陶然とさせるあの笑いだ。「〈ピエポリ〉のロブスター・ラビオリ、すごく美味《おい》しいんですってね。ちょっと食べてみたいかも」

「でしょう?」エヴァがジェンナの背中をばしんと叩いた。「そうこなくっちゃ！　美味しいもの食べて、熱々の二人のふりをしてればいいだけだから。なんにも難しいことはないから」

ジェンナは、さっとドリューから視線をそらし、肩をすくめた。「そうよね、なんとかなるわよね」

彼女の頬のピンク色が濃くなっていくのをドリューは見ていた。

触れたい。あの肌の熱を、滑らかさを、感じたい――そう強く思った。境界線を踏み越えてくれるなとはっきり言われてしまったが、それでも、少しでも、自分のほうを向かせたい。

そのために全力を尽くそう。できることはなんだってしよう。

9

心地よいざわめきの中をウェイターに先導されて歩きながら、ジェンナは夢見心地だった。この街に暮らして五年になるけれど、予約の取れない〈ピエポリ〉は遠い存在だった。でもドリューと一緒だと、あらゆる不可能が可能になってしまう。

それも、やすやすと。ラース・フィーハンと友だち？　やっぱりこの人は普通の人じゃない。

今日のビデオ撮影では感激することが多かった。そのせいで気が大きくなって油断してしまわないよう、用心していたのに、結局はドリューと二人きりのディナーを受け入れた。彼は妹の提案を断れなかったのかもしれないし、自身の目的のためにはこれが得策だと判断したのかもしれない。どうであっても、もうかまわない。今夜は、このドリュー・マドックスと、キャンドルの灯《とも》るテーブルで向かい合いたい。心ゆくまで彼を見つめ、低く響く声にじっくり耳を傾けるチャンスだ。

彼はマイケルにとても優しかった。その優しさに深く胸を打たれて、こちらまで泣けてきた。嬉《うれ》しくて笑っているのに涙が流れ、顔はひどい有様になった。

でも今は、気を緩めている場合ではない。自分から危険に近づこうとしているのだから。火に油を注ぎかねないのだから。それはわかっている。わたしは考えなしの人間じゃないし、分別もある。でも今夜は……深く考えたくない。

案内されたのは窓際のテーブルだった。ウェイターが引いてくれた椅子に腰を下ろすと、外の木道《ボードウオーク》がよく見えた。

「外を見ちゃだめだ」ドリューが言った。「すでにお友だちはそのあたりでカメラを構えているはずだからね」

「こういうのにずいぶん慣れているのね。淡々としてる」

「慣れているというより興味がないんだ。きみを煩わせないかぎり、あいつらのことは放っておくさ。どれ」ドリューはジェンナの手を取った。「やつらをちょっと喜ばせてやるとしよう」

指の背に口づけされてジェンナは一瞬息をのみ、それから慌てて笑みを浮かべた。続いてドリューは手首を返させ手のひらにキスをした。たちまちジェンナの全身に電気が走った。

「こんな状況でもすっかりリラックスしているみたい。感心するわ」なんとか声を震わせずに言えた。

「世の中にはもっとひどい状況があるよ」

ドリューは軽い調子で言ったが、エヴァから彼の軍隊経験を聞かされているジェンナには察しがついた。「もしかしてイラクのこと？」

ドリューはうなずいた。「あそこで見たものは一生忘れない。忘れられるわけがない。死を覚悟したことも一度や二度じゃない。敵の砲火をかいくぐったり味方の戦車が目の前で吹き飛ぶのを見たりといった経験をしてしまうと、写真を隠し撮りされるぐらい、なんでもないとしか思えなくなる」

「重傷を負ったってエヴァから聞いたわ。今日、ロディともそんな話をしていたでしょう？」

「ああ。腰椎を砕かれて、弾が脊椎のすぐそばにとどまったままになった。もちろん除隊せざるを得なかった。今ぼくが生きているのも歩けているのも、たまたま運がよかったからに過ぎない。毎日、そう思いながら暮らしている」

「わかるような気がする。それにしても脊椎を撃たれるって……どんなに痛いか、想像を絶するわ」

「ああ。受けた手術は全部で三回、完治するまで何カ月もかかった。おかげで、何が起きても動じなくなったよ」

「それはそうでしょうね」ジェンナはつぶやいた。

「テレビゲームをやるようになったのはその頃だ。自宅での療養はとてつもなく退屈なうえに傷口はまだ痛む。ゲームは格好の気晴らしになったんだ」

「今日マイケルがやってみせてくれたゲーム？」

「いや、『エンジェル・アセンディング』が出たのは、もっとずっとあとになってからだ。去年、映画が封切られると、ラースが冗談半分でぼくに送りつけてきた。本当にいいやつなんだ。今度きみにも紹介しよう」

ジェンナは笑った。「すごく楽しみ。セレブのライフスタイルを垣間見られるのかしら？」

「大金持ちだろうが有名人だろうが、突きつめればみんな同じだよ。大怪我《おおけが》をして死にかけたおかげでそれがわかったんだ。どんな特権を持っていたって痛いものは痛いし、死ぬときは死ぬ。助けてくれ、死にたくないって、叫びたくなる」ドリューが言葉を切った。

「すまない」照れたように笑う。「自分のことばかり話してしまった。しかも暗くて重い話だ。きみには関係ないのに」

「関係なくないわ。仕事柄、兵役を経験した人たちとは縁があるの」

「ああ、そうだね」

繋《つな》がれたままの手にジェンナは力を込めた。「今日のあなたとマイケルのやりとり、感激したわ。ロディとチェリスも、あなたと話せて嬉しそうだった。マイケルなんて舞い上がっちゃって、可愛《かわい》かったわね」

「彼はいい子だね。大変な困難に打ち勝とうとしているのを抜きにしても、本当にいい子だ」

「そうなのよ」ジェンナは深くうなずいた。「ほがらかで、人懐っこくてね」

「あの三人はすごかったよ」ドリューがしみじみと言った。「今日は感心させられてばかりだった。きみの技術にも、きみたちのチームワークにも、きみの職場の様子にも。妹の仕事ぶりにさえ驚かされたな。これはここだけの話だが」

ジェンナは笑った。「エヴァには内緒ね。わたしの仕事のこと、そう言ってもらえるとほんとに嬉しいわ、ありがとう。だけど、まだまだだよ。わたしの作る義手をもっと手軽に、必要な人みんなに使ってもらえるものにしたいの」

ウェイターがやってきたので料理をオーダーした。ワインが注《つ》がれたところでジェンナは、初めて会ったときから頭にあった疑問を口にした。

「訊《き》いてもいいかしら。いったいどんないきさつで海兵隊に入ることになったの？　当然の選択、じゃあないわよね。マドックス家の一員としては」

ドリューは目を伏せて考え込んだ。「話せば長い」

「時間はたっぷりあるわ」

ドリューはワインを一口飲んだ。「妹がどこまできみに話しているのかわからないが、両親をあの飛行機事故で亡くしたあと、しばらくぼくは荒れていたんだ」

「ええ、エヴァがちらっとそんなことを言っていた」

「悲しみの処理の仕方を間違えたんだな。さっさと死んでしまった両親に無性にむかついて、自暴自棄になった。少年法に守られる年齢だったし、人に危害を加えたりはしなかったから大ごとにはならなかった。しかしもちろん伯父は怒った。きみも会ったからわかるだろうが、ああいう人だ。ぼくを責め立て、脅し、縁を切るとまで言った。こっちはますます反抗的になり、誰が大学なんかへ行くものか、伯父を喜ばせるだけじゃないか、そう思った。これまで無縁だった世界、どこか遠いところで働いてやろうと考えて、海兵隊に入った。第一海兵師団、第一大隊に配属され、イラクへ赴いた。そこでぼくは思い知ったんだ」

「何を？」

ドリューはしばらく黙り込み、やがてこう言った。「確かに、遠いところを望みはした。だが来てみれば、そこはあまりに遠すぎた。なにしろそこは、この世からはるかに遠い、地獄だったんだ」

ジェンナはうなずき、彼が言葉を継ぐのを待った。

「おぞましいものをたくさん見た」ゆっくりとドリューは続けた。「どの場面も一生忘れられないだろう。だが、悪夢のような日々にも救いがなかったわけじゃない。人として成長し、多くを学んだ。いい友人たちを得た。そのうちの二人は、今はマドックス・ヒルで働いているんだ。とてつもなく数字に強いヴァンは財務部門、ザックはセキュリティ部門の、それぞれ責任者だ。実に頼りになる男たちでね、ぼくは全幅の信頼を置いている。がっかりさせられたためしはない。結局のところ、あの二人に出会えただけでも、入隊した甲斐《かい》はあったのかもしれない」

「そこまで言える友だちがいるって、幸せね。で、負傷して除隊して、ついに家業を継ぐ気になった？」

「はじめからわかってはいたんだ、いつかはそうしないとならないのは」ドリューは認めた。「宿命というか。生まれたときから、父をはじめとしてまわりは建築家だらけだったからね。おまえも建築家になるんだと言い聞かされて育った。負傷後の療養中、今後の自分について考える時間はありすぎるほどあった。それで回復を待って学校へ入り、建築を学んだんだ。勉強漬けの毎日だったよ。出遅れた分を取り戻そうと必死だった」

「伯父さまはほっとなさったでしょうね」

「それはもう大喜びさ――少なくとも当時は。最近は様子が変わってきた。会社に貢献するより迷惑をかけることのほうが多いやつだと思われているようだ」

ジェンナは首を振った。「そうじゃないのに。今回のゴシップくらいであなたの業績に傷がつくはずがない。長い目で見ればなんの影響もないわ」

「ぼくもそう願っているんだが。実は、なんとしてもやりとげたいプロジェクトがあるんだ」

「わたしも聞いたことがある？」

「まだ公にはされていない。計画段階だが、マドックス・ヒルは〝ビヨンド・アース〟と銘打ったプロジェクトを進めようとしている。イラクで砂と岩ばかり見ているうちに、頭に浮かんだのは火星だった。そして考えるようになったんだ……人が住めないとされている環境に何かを建てるということについて。もちろん、ロボット工学や３Ｄプリンティングの専門家も巻き込んでの大がかりなプロジェクトになるだろう。前途は多難だが、なんとかして実現させたいと思っている」

「すごい」ジェンナはしばらく黙って彼の話を反芻《はんすう》し、それからまた言った。「壮大な計画ね」

「うん、ぼくにとっては長年の夢でもあるんだ。子どもの頃、父がぼくを寝かしつけながら読んでくれた本のほとんどがSFだったんだよ。いつか一緒に火星に家を建てようって、よく二人で話したものだ」

ジェンナは胸を突かれ、言葉を返せなかった。

「だから、このチャンスを逃したくない。父が生きていたら応援してくれたに違いないんだ。もし実現にこぎ着けられたら、父のおかげだと言ってもいい」

ジェンナにとって幸いなことに、そこへロブスターのラビオリが運ばれてきて、話題は料理へと移った。ほどよく柔らかく具材たっぷりのラビオリは期待に違《たが》わぬ美味《おい》しさだった。

ワインは極上、ドリューとの会話は楽しい。すべての要素が一体となって不思議な効果をもたらしたのか、デザートとコーヒーが出てくる頃にはジェンナはすっかりいい気分になり、くすくす笑ってばかりいた。

ドリューが外のボードウォークに目をやった。「しつこいやつらだ」そうつぶやいた。「退屈して退散するかと思っていたんだが、まだいるよ」

ジェンナは窓の外を見た。パパラッチの存在などすっかり忘れていた。つまり、そもそもなぜ彼と一緒にここでこうしているのか、その理由を忘れていたのだ。

戸惑いを悟られまいとジェンナは笑い声をたてた。「わたし、何かあの人たちが喜ぶような派手なパフォーマンスをしたほうがいいのかしら？　あなたの顔にワインをぶっかけるとか」

ドリューがにやりと笑った。「ぼくたちの関係からすると、それはまだちょっと早いかもしれない」

「わたしのスポルカムッスをあなたに食べさせてあげるとか」ジェンナは、ねっとりとしたカスタードクリームの挟まったパイをスプーンですくい、ドリューの口もとへ近づけた。「筋書きにぴったり、ってエヴァが喜びそうじゃない？」

ドリューは口に入ったパイをゆっくりと咀嚼《そしゃく》した。「うーん、これは美味《うま》い」

セクシーな微笑《ほほえ》みにジェンナはどきりとした。自分の中で何かがほどけていくようだった。わたしは今、崖っぷちに危なっかしく立っている。崖の下にあるのはとても危険な何かだ。とても危険で、とてもすばらしい何か。

困ったことになった。ドリューの美貌に見とれる自分は予想がついていた。彼の頭のよさに唸《うな》るのも才能に感嘆するのも、セクシーさにどきどきするのも、みんな想定内だった。

そうした心づもりをしたうえでここへ来た。わたしは身のほども状況もわきまえた大人なのだから。

けれど、これは想定外だった。こんなにも彼を好きになるなんて。

なんだか罠《わな》にはまったような気分だ。

10

一杯のエスプレッソをここまで長くもたせた人間は歴史上いないだろう。デザートを食べ終えたあと、ぐずぐずと時間をかけてコーヒーを飲みながらドリューはそんなことを思った。この至福のひとときを、まだまだ終わらせたくなかった。

これまで少なからぬ女性とつき合ってきた。相手を楽しませ喜ばせるだけでなく、きちんと向き合い、その人を理解しようと努めてきた。しかし身体的なことを別にすれば、自分という人間を向こうにも知ってもらえたと感じたためしはなかった。

理解しようと試みてくれた女性は皆無ではなかった。その試みがいつも失敗に終わるのは、ひとえに自分のせいだろうとドリューは考えた。つかみどころのない性格が悪いのかもしれないし、防御の壁を巡らせて、知らず知らず他人を遠ざけているのかもしれない。

残念だが、性分なのだからどうしようもなかった。

だがジェンナとの場合は違った。彼女とのあいだにははじめから壁も何もなかった。こちらが壁などつくる暇もなかった。いつになく近い距離感の関係は勝手が違い、最初は戸惑った。

ところが不思議なことに、今ではそれをすっかり心地よく感じている。

支払いをすませ、店を出た。通りをゆっくりと歩く。冷たい風にジェンナの頬がピンクに染まり、カーリーヘアが舞い踊る。

いつしか二人は手を繋《つな》いでいた。繋ごうとした覚えはドリューにはなかったが、それが二人の手の自然な状態だという気がした。

ジェンナがドリューを見上げるようにして訊《き》いた。「パパラッチはまだ追いかけてきてる？」

「さあ、どうだろう。確かめようと思わなかったな」

「念のために演技を続けてるのね？」

高ぶった心に水を差されたようだった。「そういうわけでもないが」

「ねえ、待って」ジェンナが言った。「あれがあなたの車じゃなかった？　後ろのほうの、あれ」

ドリューは振り返った。彼女の言うとおりだった。いつの間にか自分の車を通り過ぎていた。

ドリューはリモコンで黒いジャガーのドアを解錠すると、助手席のほうをジェンナのために開けた。

ジェンナは慌てた様子で後ずさりした。ぎこちなく笑いながら両の手のひらをドリューに向ける。「いいの、いいの。車を呼ぶから。そうすればあなたに一時間も無駄にドライブさせないですむわ」

「ここにきみ一人を置いていくわけにいかないよ。頼むから乗ってくれ。家まで送らせてほしい」

ジェンナはため息をついたが、それ以上言いつのることはなかったのでドリューは安堵《あんど》した。

運転席に座ってしまえば、彼女ではなく前方に視線をすえることになる。おかげでドリューは、ずっと訊きたくて訊けずにいたことをすんなり口にできた。

「手を失った人たちにその機能を取り戻させたいというきみの願いはよくわかった。でもそれは、きみにとって単なる仕事以上の意味を持っているように思えてしかたないんだ。もっと何か深い意味があるんじゃないかと。どうしてだろう」

沈黙が長く続いた。訊いてはいけないことを訊いてしまったのか。ドリューはジェンナの横顔をうかがい見た。

「個人的なことよ」ジェンナが口を開いた。「兄のクリスが骨肉腫で片腕をなくしたの。チェリスと同じね。右腕を肘の少し上から」

「そうだったのか」

「わたしが十二歳のとき兄は十八で、奨学金を受けて大学へ進学する直前だった。前途有望なバスケットボール選手だったのよ」

ドリューは眉根を寄せた。「それはつらいな」

「ええ。夢をあきらめなくてはならなかった兄はもちろん、まわりのみんなが嘆き悲しんだわ」

「お兄さんは今のきみの仕事について、なんて？　やっぱりきみの作った義手を使ってるのかい？」

ジェンナはふたたび口をつぐんだ。ずいぶん長い沈黙だった。

不意にドリューは、返ってくるであろう答えに思い当たった。そうして、あまりに無神経だった自分を心の中で罵った。

「手術の約一年後に兄は亡くなったわ。手遅れだったの、脊椎と肝臓に転移していて。化学療法はもちろん、できるかぎりのことはしたんだけれど、だめだった」

ドリューはしばらく沈黙が流れるままにしていたが、やがて口を開いた。「さぞかし無念だったろう」

言いたかったのはそんな陳腐な台詞《せりふ》ではなかったが、ほかに言葉が見つからなかった。

「ええ、そうね」ジェンナはぽつりと答えた。

どちらも押し黙り、長い時間が流れた。ドリューは意を決してもうひとつ質問をした。

「ご両親は？　どんな人たち？」

ジェンナはかぶりを振った。「父のことは顔も知らない。わたしが生まれてまもなく家を出たみたい。母が一人でわたしたちを育ててくれたの。だけど兄が亡くなってからの母は、悲しみから立ち直れないまま長年苦しみつづけて。結局、今から六年前に心臓麻痺《まひ》で逝ってしまった。だからわたしは天涯孤独ってわけ」ジェンナはちらりと微笑《ほほえ》んだ。「わたしたち、同じね。両親がいないところが」

ドリューはうなずいた。「きみがこの仕事をしているのはそのためなんだね？　お兄さんにしてあげられなかったことを、手を失ったほかの人たちにしてあげたい――そうだろう？」

ジェンナは膝の上で握り合わせた手を見下ろした。「どうかしら。自分では意識していなかったけれど。兄が心のよりどころだったのは確かね。世界は救われるべきものであふれているわ。でもわたしたちはスーパーヒーローじゃないんだから、一人ですべてを救うなんて無理。だけど一人一人ができることを少しずつやれば、可能性はある。わたしにできることがこれなの。クジラ、蜂、オゾン層、海。いろんなものをいろんな人がそれぞれの方法で救おうとしている。わたしにできるのは義手を作ることなの」

「きみの話を聞いてると、ぼくも世の中の役に立つことをしたくなってきた。ぼんやりしていてはだめだな」

ジェンナは彼に笑顔を向けた。「何言ってるの。あなたは今のまま進めばいい。あなたの仕事は偉大だわ。サステナブルでエコフレンドリーな都市計画の実現にどれほど貢献しているか。それも地球上のあちこちで。おまけに、あなたの生みだす建物はとても美しい。美しいものが増えればそれだけ世界はよくなるのよ」

照れくささと同時に、自分でも戸惑うほどの嬉《うれ》しさが込み上げた。「それはどうもありがとう」

彼女のアパートメントの前に車をとめ、エンジンを切った。

たちまち空気が張りつめた。ふたたび二人は危険区域に足を踏み入れたのだ。昨夜分かち合った情熱のひとときと、その後、双方に苦い思いをもたらしたやりとり。それらの記憶が車内に重く垂れ込めた。

「上まで一緒に行って、きみが無事に家へ入るのを見届けたい。でも、中へは入らない。

絶対に。誓うよ」

「その必要はないわ」ジェンナは小さな声で言った。

「どの必要？　上まで一緒に行くこと？　それとも、入らないと誓うこと？」

「両方とも。たかが家へ入るだけなのに、大げさすぎる。でもいいわ、それであなたが納得するなら、どうぞ」

一緒に階段を上がり、ジェンナがポーチに立つとドリューは足を止めた。誓いを忘れてはいなかった。

ジェンナがじりじりと玄関ドアへ寄っていく。「おやすみなさい。送ってくれてありがとう。ディナー、ごちそうさま。あと……マイケルに優しくしてくれてありがとう」

「礼を言いたいのはこっちだよ。こんなに楽しかったのは久しぶりだ。いや、これまでいちばんかもしれない。記念すべき一日になった」

記念すべき夜にもできるんだ。口に出されなかった言葉が二人のあいだの空気を震わせた。

自分は昨夜の出来事から何も学習していなかったのだとドリューは思った。彼女に触れたい、その欲求は高まる一方だった。

「わたしも、とっても楽しかったわ」

互いの目を見つめ合った。ぼくが何か言わなければならない。何か軽い台詞を。もう一度、おやすみと言え。そう自分に命じた。くるりと向きを変えるんだ。階段を下りろ。左足、右足と、交互に動かせ。

だが声は喉もとにわだかまって出てこない。そして足は地面に張りついたままだった。

ジェンナが苦しげな表情になった。「お願い」彼女は小さな声で囁《ささや》いた。「お願いだから、ドリュー。やめて」

その言葉の意味をドリューは正確に知っていたが、とぼけるしかなかった。「何もしていないし、何も言ってない」

不意にジェンナが涙をこぼし両手で顔を覆ったので、ドリューは慌てた。

思わず手を伸ばす。「ジェンナ――」

「だめ！」ジェンナはさっと身をかわすと目もとを拭った。「だめ。本当にだめなの。ごめんなさい。盛りだくさんの一日だったからかしら、くたくたなの」

「力になれるものならなりたいが」

ジェンナは悄然《しょうぜん》とうつむいたまま答えた。「昨夜のことも謝るわ。ひどいことを言ってごめんなさい。でもね、あんなことを言ったのには理由があって、それは今も変わらないの」彼女は声を震わせた。「とっくに気づいていると思うけれど、わたしはあなたに惹《ひ》かれているの。大いにね。だから、こういうの……困るの。悪いけれど……本当に困るのよ」

ずいぶんはっきり言われてしまった。ドリューは彼女に顔を見られる前にくるりと向きを変えた。「そうか、わかった。帰るよ。きみを困らせるようなことは二度としない」

ドリューは階段を駆け下りた。みぞおちにパンチを食らった気分で車のエンジンをかける。

ばかか、おまえは。昨夜あんな目に遭っておきながら、懲りもせず。自分から打ちのめされに行ったようなものじゃないか。

これまでは女たちのほうからドリューに言い寄ってくるのが常だった。それを受け流したり、やり過ごしたり、さりげなく遠ざけるのには技術を要する。自分はそれに長《た》けていると自負していた。

なんという皮肉だろう。こちらから近づきたいと願う相手をついに見つけたと思ったら、鼻先でぴしゃりとドアを閉められるとは。ドリューという列車に乗り込んだが最後、必ず大惨事が起きるものとジェンナは決めつけている。

これほど深く傷ついていなければ、ドリューは声をあげて笑ってしまいそうだった。

11

「いいかげんにしてよ、エヴァ」ジェンナは苛立《いらだ》っていた。「モノトーンのちゃんとしたドレスを持ってるんだから、それでいいでしょう。わたしに似合ってるんだし、結構高かったのよ。お披露目の場になるからって、新しいドレスを買う必要なんてどこにもないわ。この話はこれでおしまい」

エヴァはサラダの中のアーティチョークにフォークを突き刺し、口に運んだ。「お言葉ですけど、あなたは間違っています」

「どうして？　どうしてそこにそんな大金を費やさないとならないの？　クローゼットは満杯なのよ」

「あなた、意地になってるでしょ。あのドレスはね、古くさいの。流行遅れなの」エヴァはドリューのほうを向き、呆《あき》れたようにくるりと目玉を回してみせた。「兄さんから言ってやってよ、愛《いと》しいフィアンセに。〈ホワイトブライア・クラブ〉で開かれるマドックス・ヒル建築事務所周年記念パーティーなんだから、ゴージャスなドレスを新調する必要があるって」

「ああ。ぜひ新しいドレスを買うべきだ」ドリューの口調はどこかそっけなかった。「会社のイベントだから費用はこちらで持つ。ぼくのクレジットカードを渡すから、好きに使うといい。試着室からの写真を待ってる」

ジェンナは動揺をひた隠しにして、ほとんど手をつけていないシーフードサラダを見下ろした。今朝会ったときからずっとドリューはこんな調子だった。他人行儀で、言葉は丁寧だけれど感情がこもっていない。

今朝もすでに一件、インタビューを受けてきた。急速にリスナー数を伸ばしつつあるポッドキャストの番組だった。アームズ・リーチのPR活動の一環だが、このところあまりにそれが忙しかった。エヴァが組む過酷なスケジュールに、ジェンナは疲弊していた。今日もこうして早めのランチをとったあと、また仕事へ戻る予定だが、ドリューのおざなりな笑みとよそよそしさに、ジェンナの食欲は失《う》せてしまっていた。

こんなのは……いやだ……耐えられない。心の底から叫びたかった。けれど誰を責めることもできない。自業自得だ。

「誰になんと言われようと、わたしの考えは変わらないから」ジェンナは食いしばった歯のあいだから言った。「ドレスは買わない」

エヴァが唸《うな》るような声を出した。

「うるさいぞ、エヴァ」ドリューがウェイターに合図をして勘定をすませた。「今ここで決めなくてもいいだろう」

「まあ、そうだけど」エヴァは肩をすくめたが、顔は不満げだった。「あ、そうそう、ビッグニュースがあるんだった」いかにも不意に思い出したかのような口調がわざとらしかった。「『エンジェル・アセンディング』のプロデューサーから連絡があったのよ」

ジェンナはフォークを置いた。頭の中で警報が鳴りだしている。「用件はなんだったの?」

「来年発売予定のゲームのCMにマイケルを使いたいんですって」

ジェンナは息をのみ、鼻高々といった様子のエヴァを見た。「どういうこと?」脈が速くなるのを感じながら言った。「マイケルをそういうのに利用されたくないわ。まだまだ子どもなのよ」

エヴァはため息をついた。「あーあ。わたしが粉骨砕身したおかげでアームズ・リーチの知名度はうなぎのぼりなのに。大喜びされると思ったわたしがばかだった」

「あなたの手腕はたいしたものだわ。すごいなって、いつも思ってる。だけどちょっと、すごすぎるかもしれない。わたしはマイケルのことが心配」

「大丈夫だってば。ジョイスとわたしが二頭の闘犬さながらに守るから。ギャラは大学進学資金の足しになるでしょ？　進学先はスタンフォードか、はたまたMITか、ってとこかしら？　とにかくジェンナ、これはマイケルにとってもアームズ・リーチにとってもいいことなのよ。彼の未来が開かれるきっかけになるんだから。心配はいらない。あの子は強いわ。それに賢い」

「でもわたしは、マイケルに普通の生活を取り戻してほしかったのよ。平凡な日常を。有名になって世間の注目を集めて、いろんな人に利用されるような、ストレスだらけの生活じゃなくて」

「それ、自分のこと言ってる？」エヴァの物言いは単刀直入だ。「あなた、今みたいに注目される毎日にうんざりしてるの？　わたしたちがあなたを利用してるとでも思ってるの？」

ジェンナは親友の目をまっすぐ見つめ返した。辛辣な言葉を返しそうになったが、こらえた。エヴァに悪気などこれっぽっちもないのはわかっているのだ。だからただ、首を振った。「ちょっと疲れてるだけ」

「それはわかるし気の毒だとは思うけど、でもがんばって。しっかりして。あ、そういえばもうひとついい知らせがあるんだった。今夜ロディがライブに出演するんですってよ。ワイルドサイドで、ヴィシャス・ルーモアのドラマーの代役。今日から週末のあいだ毎日ですって」

「ええ、本人からメールをもらったわ。今夜の最初の回を覗《のぞ》きに行くつもりよ」

「一人で?」ドリューがさっとジェンナを見た。「あんな物騒なエリアへ一人で行くつもりか?」

「大丈夫よ」ジェンナは言った。「早い時間だもの。それに、物騒というか、今風の人たちで賑《にぎ》わってるだけじゃない」

「一人で行くなんて無茶だ」ドリューの口ぶりは真剣だった。

「平気よ。一人で行動するのは慣れてるし――」

「だめだ。ぼくも行く。職場か自宅、どっちへ迎えに行けばいい?」

ジェンナは当惑して彼を見つめた。「無理しないで、ドリュー。せっかくの週末の夜よ、あなたにはもっと楽しい時間の過ごし方があるでしょう」

「そんなものはない。ぼくだってロディが演奏するところを見たいんだ」

ドリューがまっすぐジェンナのほうを向いた。先週の悲惨な夜以来、彼がまともに目を合わせてくるのはこれが初めてだった。ぎらつくような強い視線はジェンナを落ち着かなくさせた。

ジェンナはゆっくりと息を吐いた。「わかったわ。現地で落ち合いましょう。わたしは九時半頃に行くわ」

ウェイターがクレジットカードを返しに来た。ドリューはそれを受け取り立ち上がると、ジェンナとエヴァそれぞれの頬に儀礼的なキスをして歩きだした。多忙な彼の頭にはもう、次のスケジュールのことしかないのだろう。

遠ざかるドリューの後ろ姿を、ジェンナは暗い気持ちで見つめた。ディナーデートのあとの惨劇から一週間あまり。怒濤《どとう》の一週間だった。アームズ・リーチの知名度アップに繋《つな》がるとわかってはいても、種々の活動に追われて疲労困憊《ひろうこんぱい》した。あまりに忙しすぎる……けれど、この鬱々とした気持ちの本当の原因はそれじゃない。そう思い込もうとしても、自分を騙《だま》すことはできない。

ドリューに会うのが今は怖かった。彼に何かを言われるからじゃない。何も言われないのが不気味なのだ。あくまで礼儀正しくそつがなく、こと細やかに心を配ってくれる。彼に落ち度はひとつもない。

彼は完璧なフィアンセという仮面をかぶっている。けれどその下に隠された本当のドリューを知ってしまったジェンナには、仮面の存在が憎かった。彼に他人行儀な態度をとられると、罰を受けているような気がしてくるのだった。

だからといって、彼を責めるつもりはなかった。本当に、みじんもなかった。ドリューを遠ざける必要があるのはこちらのほうなのだから。でも実際には、こうして彼との隔たりが大きくなっても事態は好転しなかった。

それどころか、悪くなるばかりだ。

クラブと名のつく場所へ足を踏み入れるのはずいぶん久しぶりだったが、照明の派手派手しさも音楽の激しさも人の多さも、ドリューの意識を素通りした。男女を問わず誰もが彼の注意を引こうとしたが無視して、ジェンナを感知する感覚だけを研ぎ澄ませ、店内をさまよい歩いた。

燃え立つブロンドはどこだ。勢いよく上がる花火みたいなアップスタイルか、大きくうねり弾むダウンスタイルか。今夜はどっちだ。そしてあのキャッツアイフレームの眼鏡は。明るく澄んだはしばみ色の瞳は。つやつやと赤い頬は。優美な体は。あの香りは。どこだ、どこなんだ？

この喧噪《けんそう》のただなかで、甘やかでセクシーな彼女の声を聞き分けられるとは思えなかったが、それでもドリューは懸命に耳を澄ました。

今ステージ上にいるのはヴィシャス・ルーモアではない。ロディはまだ登場していない。だが前座のバンドが頭を振り立て力のかぎり演奏しているのは最後の曲だ。やはりジェンナの姿はどこにもない。スマートフォンをもう一度見る。彼女からのメッセージは届いていない。

ドリューは最初からもう一周することにした。入り口へ戻って、ふたたび歩きだす。黄色い光の中にいた。フロアをぐるりと周回するスポットライトが彼女の髪をとらえた。黄色い光の中で、火が燃えているかのようだった。ドリューは人の波をかき分けて進んだ。彼女はブルーのタイトなテーラードジャケットに黒いウールのミニスカートを合わせ、例のおそろしく先の尖《とが》ったブーツを履いている。

彼女の隣にピンクと紫のとさかが見えたと思ったのは、チェリスの頭だった。チェリスはジェンナに向かって興奮の面持ちで何か言ったあと、彼女の首に両手を回して抱きつき、義手で背中をぽんぽん叩《たた》きはじめた。今夜の義手は文字どおり光り輝いている。極小のライトの連なりを柔らかいチューブに仕込み、それを長いブレスレットのように義手に巻きつけてあった。

チェリスはジェンナの肩越しにドリューの姿を見つけると大きく手を振り、同時にジェンナに耳打ちした。ジェンナが振り向き、こちらを見た。

心の準備をしていたのに、無駄だった。ジェンナと見つめ合ったとたん、胸が震えるほどの嬉《うれ》しさが湧き上がるのは相変わらずだ。影響は胸だけでなく全身に及び、不意に下半身が目を覚ました。

これだからジェンナに遠ざけられるのだ。

「やあ」ドリューは落ち着いた声で二人に挨拶をした。じゅうぶんに安全な間隔を置いて。パーソナルスペースという概念はチェリスにはなかった。彼女はドリューに飛びつくと、力いっぱい抱きしめた。

「ドリュー！」耳もとで叫ぶ。「あなたってば、最高！」

「え？」

「あたし、もう一度がんばってみる！　あなたのおかげよ。デレオン・デザイン・インスティテュートのこと、今ジェンナにも話してたの。あそこのコマーシャルアートのカリキュラムがほんとすごくて、絶対入りたくて、去年出願したんだけど、あっさり落っこちゃったのね。でもこないだ、あなたがあんなふうに言ってくれたじゃない？　で、もう一回トライしてみようって思って、今度はポートフォリオにデコレーション義手も入れて送ってみたの。そしたら面接に来いって連絡があったのよ！　訊《き》いたら、先週撮ったあの映像のリンクをあなたが校長に送ってくれたんですって？」

　ジェンナが探るような目でドリューを見た。「そういうコネもあるとは知らなかったわ」

　喧噪の中で彼女は声を張り上げた。

「トリックス・デレオンとは高校で一緒だったんだ。ぼくはただ彼女にリンクを送っただけで、ほかには何もしてないよ」

「いいの、あたしにはわかってるわ、ドリュー。合格してもしなくても、あなたには感謝しかない。ほんとにありがとう」

　チェリスはもう一度ドリューを抱きしめると、大きな音をたてて頬にキスをした。

「おーい！　ドリュー！」今度はロディがやってきた。こちらも目を輝かせて言う。「知らなかったよ！　二人お揃《そろ》いで来てくれるとはな！　嬉しいじゃないか！」

「ぎりぎりまで予定が立たなかったんだ」

「ひょっとしてこれは、例の曲をやる絶好のチャンスじゃないか？　なあ？」

「例の曲？」

「結婚式のファーストダンスのやつだよ！」ロディが怒鳴るように答えた。「『欲しくてたまらない』、思い出したか？　こんなこともあろうかと、昼間メンバーに事情を話してリハーサルをやってみたんだ。みんな気に入ってくれたぜ。絶対やるから、楽しみにしててくれ！」

「ねえロディ、その義手！」チェリスが大声で言う。「あたしのデコレーション、使ってくれてるんだ。いいじゃない。すごく似合ってる」

「だろ？　今夜はやっぱ〝シス卿《きょう》〟かなと。だがライトをつけるのはやめといた。客の目が義手にばっかり行くんじゃ困るからな」

「あたしはほら、〝フェアリーキングダム〟」チェリスが自分の腕を掲げてみせた。

「じゃ、おれは行くわ。そろそろ出番だ。一緒に楽屋へ来いよ、チェリス。ベースのボーズに会わせてやるよ」ロディはドリューとジェンナに向けてにやりと笑った。「チェリスはやつにぞっこんなんだ」本人にも丸聞こえの、大声の内緒話だ。

「違うわよ、大ファンなだけ」チェリスは異議を申し立てた。「それじゃ二人とも、またあとでね！」

ロディとチェリスはあっという間に人の波にのまれて見えなくなった。

ドリューとジェンナは顔を見合わせた。ジェンナは彼のほうへ体を傾けて耳もとで叫んだ。「入り口近くにバーがあったじゃない？　何か飲みましょう。あそこならもう少し静かだわ」

「そうだね」ドリューはジェンナの腕を取った。何枚もの布で隔てられているにもかかわらず、その柔らかさや肌の滑らかさが確かに伝わってきて、体がまた疼《うず》いた。

カウンターに席を見つけ、飲み物を注文する。心の距離を取らなければと思うと、困るのは会話の糸口がつかめないことだった。

「エヴァの組むスケジュール、きみには負担をかけているだろうね。申し訳ない。あいつは限度というものを知らない。バリバリ働くのは結構だが、巻き込まれるほうはたまったものじゃない」

「でも、確かに成果は上がっているわ。自分たちの仕事が注目されはじめたことで、アームズ・リーチのスタッフはこのところいちだんと張りきってるし。それに、そうね、『エンジェル・アセンディング』のプロデューサーがマイケルを使いたがってるというのも、すごいことではあると思う。だけどわたしは、諸手《もろて》を挙げて賛成していいのかどうか、正直なところまだわからないのよ」

「多少なりともアームズ・リーチのためになっているのなら、まあよかった。実のところ、心配していたんだ。これまでのぼくのゴシップがきみの活動に悪影響を及ぼすんじゃないかって」

「その心配はご無用よ。エヴァの目論見《もくろみ》どおり、あなたの過去の評判はむしろいいスパイスになってるみたい。ほら、エッグノッグにおけるラム酒とか、サルサにおける唐辛子みたいに」

ドリューは鼻を鳴らした。「お役に立てて光栄だね」

バーテンダーが二人の前にグラスを置いた。ジェンナはマルガリータをすすり、それから何か考え込むように眉根を寄せ、ドリューのほうを向いた。「ひとつ、訊いてもいいかしら？」

「もちろん」

「あなたがタブロイド誌に写真を撮られた、あのパーティー。あれを開いた人物は札付きなんでしょう？」

「アーノルド・ソーベルは、うん、ろくなやつじゃない」

「不思議だったの、なぜそんな人とつき合いがあるのかって。あなたのまわりにいそうにないタイプなのに」

ソーベルのパーティーという言葉を聞いたとたん、ドリューの体に力が入った。胃に苦いものが込み上げる。「昔の知り合いなんだ。海兵隊に入る前、ちょっと無茶をやってた頃の。あの日、パーティーに出たのは友だちに頼まれたからだ」

「やっぱりね」ジェンナは訳知り顔でうなずいた。「そんなことだろうと思った」

「そんなこととは？」

「悪い意味じゃないのよ。まったく逆。誰かのためっていうのが、あなたらしいなと思って」

「友だちはライサというんだが、妹のレティシアがあのパーティーに行ったと誰かから聞いたらしい。以前にもトラブルに巻き込まれたことがある妹だから、ライサは心配した。電話をかけても繋がらず、いよいよパニックになった。ぼくがソーベルを知っているのを思い出して、連絡してきたんだ。妹の様子を見に行ってくれと懇願されたよ」

「レティシアとは会えた？」

ドリューは首を振った。

ジェンナは眉をひそめて首をかしげた。「おかしいわね」

「ああ、おかしかった」ドリューはうなずいた。「何もかもがおかしかった」

「レティシアがソーベルの家へ行ったのは間違いないの？」

「あとで本人から聞いたところによると、その日のその時間にはまったく別の場所にいたそうだ。そもそもそんなパーティーが開かれること自体、彼女は知らなかった。誰かがライサにでたらめを吹き込んだんだ。なぜそんなことをされたのか、理由に心当たりは全然ないとライサは言っていた」

「あの写真を撮られたあと、どうなったの？　あなたはすぐに帰った？」

吐き気をもよおし、ドリューはビールを置いた。記憶にしか過ぎないとわかっていても、あの強い香水の香りが鼻腔《びこう》を満たす。背中に冷たい汗がじっとり滲《にじ》む。息が苦しい。心臓の鼓動が三倍速になる。

「この話はもうやめにしないか?」唐突にドリューは言った。「楽しい思い出とは言いがたいんだ」

ジェンナは、はっとしたような顔になった。「ごめんなさい、詮索するつもりはなかったの。二度とこの話題は持ちださないわ」

くそっ。また感情的になってしまった。「すまない。ぼくはただ――」

フロアのほうから次の出演者を告げるマイクの声が聞こえてきたおかげで、どちらの注意もそれた。ほっとしながらドリューは言った。「そろそろだ。行こうか」

「ええ。でも、ちょっと待って。これだけやっておかないと」ジェンナは紙ナプキンを手に取ると、グラスの水で湿らせた。ドリューの頬をそのナプキンでそっと拭う。「チェリスの口紅がくっきりよ。わたしのフィアンセのほっぺにほかの女性のキスの跡がついてるのはまずいでしょう」

びしょ濡《ぬ》れの冷たいナプキン越しであってさえ、ジェンナの体にもたらす効果は変わりがなかった。

「どうしてもっと早く言ってくれなかった? ぼくは真っ赤なキスマークをつけたまま歩

きまわっていたのか？」

「ごめんなさい」ジェンナは笑いをこらえているような表情で言った。「さ、もうこれで恥ずかしくないわ。ロディの演奏を聴きに行きましょう」

恥ずかしくない？　ジェンナの後ろについて人混みをかき分け進みながら、ドリューは自嘲めいたつぶやきを心のうちに漏らした。彼女は気づいていない。

人目につかない自分の一部は、とても恥ずかしい状態だということに。

12

フロアは満員御礼だった。どの曲もよかった。そしてロディがすばらしかった。過激なまでにエネルギッシュなパフォーマンスを見せたかと思うと、必要なときには抑えた音をしみじみと響かせる。地元で人気の熟練バンドに加わって、なんの違和感もない。ずっとメンバーの一員だったかのようにぴったり息が合っている。

いい音楽とマルガリータのおかげでジェンナの緊張は少しずつほぐれ、ステージのロディを見守るうちに胸がいっぱいになった。ジェンナ個人にとって、これは大きな勝利と言ってよかった。彼の音楽的才能をここまで発揮させられるだけの、精密さと柔軟性を備えた義手を作りだせたのだから。そしてチェリスの先行きも明るい。悲しいことや腹の立つことも多いけれど、世の中捨てたものじゃない。まわりの人たちのおかげで、今夜はそう思える。

曲の最後にシンバルが鳴り、ロディに当たっていたライトがすっと消えると、リードボーカルがマイクを握った。

「みんな、ちょっと聞いてくれるかな。われらが誇るゲストドラマー、ロディ・ヘプナーによると、今夜のお客さんの中に熱愛中の二人がいるそうなんだ。で、自作の曲を彼らに捧《ささ》げたいとロディが言うので、今からそれをやります。ヴィシャス・ルーモアがこの曲をやるのは今夜がお初！　みんな、ラッキーだったね。だけど最初にして最後ではないよ、絶対に。それでは、聞いてください。『欲しくてたまらない』、作詞作曲ロディ・ヘプナー！　あ、ダンスフロアの真ん中は空けておくように……ジェンナと……ドリューのために！」

人垣がさっと割れ、ジェンナとドリューの周囲に広いスペースができた。見物人にぐるりを囲まれ立ち尽くす二人に、バラ色のスポットライトが当たる。流れだしたバラードの美しい旋律を聞きながら、ジェンナとドリューは見つめ合った。

ドリューの顔に、あの表情が浮かんでいる。この世にはきみしかいない、きみが欲しい、きみだけが欲しい、そんなふうに無言で訴えている表情。体に腕が回され、ジェンナは抱き寄せられた。それがごく自然なことに感じられた。彼の腕の中こそが自分の居場所だと、今は思えた。

ロディがマイクに手を伸ばし、ドラムセットの上で角度を直す。歌が始まった。いくらかハスキーで、それでいて深い響きを持つ、いい声だ。

靴の中には砂漠の砂
心の中には希望のかけら
正義を探し求めて　真実を探し求めて
でも何よりぼくが求めているのは　きみなんだよ

もう限界だった。美しい曲とあふれる感情、そしてドリューの魅力に、抗《あらが》うのはもう無理だった。彼の瞳は、深く果てしない海のような優しさをたたえて、こんなにも輝いている。

ジェンナは懸命に自分に言い聞かせた。あなたは華々しい映画スターとは違う、地味で平凡な女なのよ、と。これほどの男性の興味を長く引きつけておけるわけがない、世界を股にかけるセレブの彼とは住む世界が違う、このままいけば手ひどい傷を負うのは目に見えている、と。

それでもドリューにしがみつく力は緩まなかった。双方が磁石になったかのように、ぴたりと一体になって二人は揺れていた。限りなく甘美な深い淵《ふち》に、今にも落ちそうだ。色とりどりのスポットライトがフロアの上で躍り、溶け合い、交差して、床が華麗な万華鏡になる。囁《ささや》くようなロディの歌声は続いている。

まぶたが焼けつき　喉は干上がる
むなしい心を抱えて　さまよい歩く
だけど　探し物はここにはないんだ
きみの瞳の澄んだきらめきも　まっすぐなまなざしも

ドリューの温かな手がわたしの頭を支えている。見つめ合ったまま、彼の指がそっと髪をまさぐる。澄んだ瞳、まっすぐなまなざし。それはわたしだけを映し、わたしだけに向けられている。心が高ぶり、ジェンナは多幸感に包まれた。本当にこの人に愛されている、そう思えてきた。

いつしか二人は唇を重ねていた。何ものにもそれを止めることはできなかった。二人は今、きらめくシャボン玉に入ってふわふわと浮かんでいた。ほかの世界はいっさい遮断されている。

言葉はいらなかった。どれほど求めているか、どれほどの悦《よろこ》びが待ち受けているか、彼のキスがすべてを伝えてくる。甘く誘い、優しく焦《じ》らしながら。

ジェンナは夢中でそれに応えた。初めて会ったときから、言いたいのを懸命に我慢していたことを、キスに託して大声で言った。

ええ、すべてあなたの思うままにして。お願い。

ドリューの高まりを感じる。お腹に当たる熱いものを。彼の熱を、力を、エネルギーを、よりはっきりと受け止めたくてドリューを引き寄せたとき、曲がゆっくりと終わった。

拍手と歓声がフロアを揺るがし、魔法のシャボン玉が弾《はじ》けた。客がふたたびフロアに出てきて、二人のまわりはまた人で埋まった。

ジェンナはドリューの目を見つめたままだった。彼の体にきつく回した腕をほどこうとしたが、いくら命じても腕は言うことをきかなかった。

やっと腕を引き剥がせたが、勢いあまって後ずさり、背後にいた人とぶつかりかけた。よろめいたところをドリューに支えられ、事なきを得る。

気をつけないと危ないよ。そう言われたのが彼の唇の動きからわかったが、声は喧噪《けんそう》にかき消されて聞こえなかった。

この唇が、わたしにキスをした。はやし立てる野次馬の前で、わたしにわれを忘れさせた。みだらな女にさせた。

「行かないと」ジェンナは力なくつぶやき、彼の手から逃れようとした。

「どこへ？　その手にいっそう力を込めてドリューが訊《き》いた。声は届かないが唇の形でわかった。

「え……あの……お手洗い……お手洗いに行ってくるわ。すぐ戻るから」

ジェンナはふたたび身を翻そうとした。その様子を訝《いぶか》しんだドリューは一瞬また強く手をつかんだが、結局は離してくれた。

足早に人のあいだをすり抜け、出口を目指す。

ドアまであと一歩のところまで来たとき、目の前に誰かが割り込んできたため、ジェンナはその人に体当たりする格好になってしまった。

「ごめん、ジェンナ！　ぶつかるとは思わなかった！」

エヴァの忠実なアシスタント、アーネストだった。ホワイトブロンドをつんつん立てたスタイルと大きな丸眼鏡が、スチームパンクものに出てくる飛行士みたいだ。

「アーネスト、あなた、こんなところで何をしているの？」

「いつもの仕事」彼はタブレットを軽く掲げてみせた。「きみたちの熱愛ぶりを記録してるのさ！」

ジェンナの心がさらにずっしり重くなった。「嘘でしょう？　エヴァに指示されたの？」

「ロディの演奏を撮ってこいって言われただけ。超ロマンティックなダンスと湯気が出そうなキスは思いがけないおまけだよ。これはバズるよ、絶対」

「だめ、だめ、だめ！　お願いだからアーネスト、あれをネットに上げたりしないで。ロディのはいいのよ、だけどわたしとドリューの場面はやめてちょうだい」

アーネストは戸惑いの表情を浮かべた。「どうして？　むしろ、そっちのほうが意味あると思うけど」

「だって、ほら、その……プライベートだから」

「そりゃそうでしょう。だからこそ視聴者は食いつく」

「やめて、本当に」懇願する口調になった。「さっきのあれだけは、だめ。たまには仕事から離れさせて」

「残念でした」タブレットを示すアーネストは少しも残念そうではない。「もうアップしちゃったよ。きみとドリューのＹｏｕＴｕｂｅチャンネルに」

「わたし、チャンネルなんて開設してないわよ！」

「してるんだなあ、それが。先週の時点でフォロワーが二万一千人。どれどれ、さっきのダンスとキスをアップロードしたのが五分前だけど、何人が見てくれたかな……うわ！

七百八十五……六……七……どんどん増えてる！」

「そういうのがいやなのよ」ジェンナは半泣きになった。「わたしはリアリティショーの出演者なんかじゃない！　たまには何も考えずに飲みに行ったりライブに出かけたりしたいの！」

アーネストは無表情になり、それから眉をひそめてジェンナを見つめた。「何も考えずに？　どういう意味？　別に何も考えなくていいと思うけど。人に見られることの何がそんなに問題なのかな？」

ジェンナはくるりと後ろを向くと、外へ出た。アーネストの頬を張ってしまう前に。

冷たい風に髪を煽《あお》られながら、すたすたと歩いた。頬は熱く火照り、滲《にじ》む涙が目にしみる。小さな手に締めつけられているみたいに喉が苦しい。

だけどこんな愚かな選択をしたのは、ほかならぬ自分なのだ。

ジェンナは通りかかったタクシーを呼び止め、乗り込んだ。運転手に行き先を告げるとすぐにスマートフォンを取りだし、震える手でドリューにメールを打った。

〝帰ります。タクシーを拾いました。ごめんなさい〟

すぐに返事が来た。〝いったいどうした？〟

〝一人になりたくて。本当にごめんなさい〟

ややあって、返信が表示された。〝ぼくが何かしたんだろうか〟

ジェンナは慌てて返した。〝違うの。あなたはとてもすてきだったわ。わたしのほうの問題。一人になる必要があったの〟

長い間が開いた。そうして返ってきたのはたった一言だった。〝わかった〟

ああ、もう。どうしてこんなことになってしまったんだろう。

〝ごめんなさい〟そう繰り返すしかなかった。文字を打ちながらジェンナは、バッグをかきまわしてティッシュを捜した。

〝残念だけど、気にしないで〟返信にはそうあった。直後に、続きが来た。〝おやすみ。気をつけて帰るんだよ〟

あくまで丁寧で、落ち着いていて優しい、その言葉。おかげでわたしは、自分のことがますます愚かで滑稽に思えてくる。ドリューがこんなふうだから……だから……つらい。

今夜はどうしても彼から逃げださなければならなかった。そうしないとどうなるか、はっきり予測できたから。ドリューはわたしを家まで送ると言って聞かなかっただろう。階段の上まで来て、わたしが中へ入るのを見届けるのだと言い張っただろう。あの深い輝きをたたえた目でわたしを見つめ、理性を失わせただろう。そしてわたしは彼をドアの中へ引き入れてしまうのだ。

家の中に入るまで待てない可能性だってある。ポーチで彼にむしゃぶりついてしまうかもしれない。

わたしがドリューを愛しているのはたぶん間違いない。今ならまだ、たぶんと言える。

でもベッドをともにしてしまったら、もうおしまいだ。

ドリューへの愛を抑え込むことはもうできなくなる。

13

きれいだ。大階段の上でジェンナを待っていたドリューは、現れた彼女を見て息をのんだ。これから二人は腕を組み、しずしずと階段を下りて〈ホワイトブライア・クラブ〉へ入っていく。話題のカップルの登場を人々に印象づける作戦だが、ドリューは言葉もなくただ彼女に見惚《みほ》れた。

今夜のジェンナは眼鏡をかけていなかった。キャッツアイフレームはトレードマークのようなものだから、すぐには彼女とわからなかった。眼鏡をかけない彼女ももちろん美しい。こんなにも美しい。

ターコイズグリーンのシルクドレスはショルダーストラップが玉虫色のビーズ製で、ネックラインにも同じビーズがきらめいている。きれいな体のラインが際立ち、胸の間《あわい》に思わせぶりな影がほの見える。奔放なカールをなだめすかして、隙のないアップスタイルに仕上げようとした美容師の努力はわかる。が、むなしい結果に終わっていた。くるくるとした長い髪がシニヨンから幾筋かすでに飛びだしているし、ほっそりした顎のまわりでも後れ毛が揺れている。

ジェンナは笑みを浮かべてドリューを見上げたが、華奢《きやしや》な腕を彼が取ると、困ったような顔をしてうつむいた。

「すごくきれいだ」

「ありがとう」

「この前話していたモノトーンのドレスじゃないんだね。エヴァと一緒に買ったのかい？だいぶ揉《も》めていたが」

「あなたに買ってもらったものかどうか、訊《き》いてるの？」挑むような目でジェンナはドリューをまっすぐに見た。「答えはノー。今回は自分でもよくやったと思うわ。珍しくわたしがエヴァに勝ったんだから。このドレスはね、だいぶ前に商店街の古着屋で見つけたの。さすがにビーズの部分は専門家に手直ししてもらう必要があったけれど、色がとってもいいと思って」

おあいにくさまとでも言いたげな口ぶりにドリューはむっとした。「ぼくが買ってあげたかどうかなんて訊いていないよ」そっけなく言った。「たとえそうだったとしても、なんとも思わない」

ジェンナの顔を後悔の色がよぎった。「ごめんなさい。嫌みに聞こえたのなら謝るわ」

「ああ、聞こえたね」

「念を押しておきたかっただけ……わたしはお金持ちの玩具《おもちゃ》じゃないって。たとえマスコミでそういう扱いをされていても」

「ぼくに念を押す必要がどこにある？　神経質になりすぎだ」

ジェンナは小さく笑い、それからしげしげとドリューを眺めた。「あなたもすてきよ。タキシードがよく似合ってる」

「きみと並んでも見劣りしないようがんばったんだ。ところで今日は眼鏡をかけていないんだね」

ジェンナは苦笑いを浮かべた。「前からコンタクトは持っていたんだけれど、面倒だったり目が疲れたりで」

「眼鏡でもコンタクトでも、きみの美しさに変わりはない」

「ベタな夢物語よね。眼鏡をはずした女性を見て、男性が初めて気づくの。こんな美人だったのかって」

ドリューはジェンナの頭のてっぺんからつま先まで、あらためて眺め下ろした。「ぼくはとっくに気づいていたよ」

ジェンナの視線がすっとそれ、頬が赤らんだ。そのまま二人は、大勢の人が待つフロアへ向かって階段を下りはじめた。

ドリューは自分自身に腹を立てていた。彼女の前で口を開けば、出てくる言葉はことごとく誘惑めいた響きを帯びる。

解決方法その一――口をつぐみ、ジェンナのことは無視する。解決方法その二――ジェンナから完全に離れる。たとえばマドックス・ヒルをきっぱり辞めるなどして。選択肢は以上ふたつだ。

真珠のような清らかな輝きを放つジェンナが今、ドリューの腕に手を添えている。ごく軽く、しかもあいだにはタキシードとシャツがある。にもかかわらず、体は激しく疼《うず》くのだった。

もう限界だ。こんな茶番は今夜かぎりにしよう。これ以上惨めになりたくない。ワイルドサイドでの出来事が決定的だった。固く抱き合って体を揺らしながら情熱的なキスをして、直後にいきなり彼女に逃げられた――あれには打ちのめされてしまった。

あんな思いはもうたくさんだ。婚約劇の中止によって、今携わっている仕事は失うことになる。それは残念だが、少なくともジェンナはこちらの不適切な言動に煩わされずにすむだろう。

今夜の会をなんとか無事に乗りきったら、最後に関係者に婚約破棄を明かしておしまいにする。すべてがそれで終わる。

昨夜はヴァンとザックとビールを飲んだ。鞄《かばん》に忍ばせて持ち歩いている辞表を本当に出す前に、二人には退社の意思を伝えておきたかったのだ。自分たちを捨てていくのかと彼らは怒った。生き延びるための最終手段だと説得しても理解はされなかった。なけなしの自尊心を守るため、こうするしかないのだと言っても。

ヴァンは今、階段の下から気遣わしげにこちらを見上げている。ジェンナに目をやり、それからドリューに向かって眉を上げ、無言で問いかけてくる。〝ひょっとして彼女のためなのか?〟と。

ドリューは無表情を保っていた。フロアに下り立つと、ハロルドが勢い込んだ様子で寄ってきた。その腕にしがみつくようにして女性が寄り添っている。髪はダークブラウンで、ずいぶん背が高い。黒いスパンコールのドレスに身を包み、ほとんどあらわな、はち切れんばかりの胸にはラメスプレーが振りかけてある。彼女はまっすぐにドリューだけを見ていた。

ドリューは驚いた。知っている女だった。リディアだ。マグノリアアプラザ・プロジェクトのためサンフランシスコに滞在しているときに知り合った建築家。互いに軽い気持ちでいっときの関係を持ったが、半年前にドリューがサンフランシスコを離れてからはそれきりだった。

連絡を取るどころか、正直なところ、リディアのことは思い出しもしなかった。

間近まで来たハロルドが、リディアを自分の隣に立たせた。ドリューとジェンナの進路が二人にふさがれる格好になった。

そのときだった。貨物列車に突っ込まれたかのような衝撃がドリューを襲った。リディアの香水だ。強烈な匂いに呼吸が止まった。

同様の匂いをソーベルのパーティーでも嗅がされた。今またドリューの胃はうねり、冷や汗が噴きだした。脈が速くなり、血圧は急降下した。

「お久しぶり、ドリュー」リディアが甘い声で言った。「相変わらずすてきだこと。あれからずいぶん忙しくしてたのね。そうでしょう？」

すぐには声が出なかった。必死に平静を装い、言葉を絞りだした。「やあ、リディア。フィアンセを紹介するよ。ジェンナ・サマーズだ」

「リディアも驚いてるよ」ハロルドがそう言った。

「そうよお。だってほら、春にサンフランシスコにいたときは、そんな気配まったくなかったじゃない？」リディアの大きな声は、あたりに響きわたった。「思い出すわ、あのときのこと。とてもじゃないけど、心に決めた人がいるようには見えなかったわねえ」彼女はジェンナをじろりと一瞥《いちべつ》し、舌打ちをした。「ドリューってば、最低」

「失礼するよ。挨拶をして回らないといけないから」ドリューはかろうじて言うと、ジェンナの手を引いてその場を離れた。

「あとでゆっくり話そう！　晩餐会《ばんさんかい》の席は向かい合わせだ」ハロルドが背後で声を張り上げた。陰険な笑いをこらえきれないような顔をしている。「リディアと昔話に花が咲くんじゃないか？　彼女はジェンナとも友だちになりたがってる。楽しみだな！」

ドリューは人をかき分けて進みつづけた。あの二人から離れないと息ができない。それなのに記憶はますます鮮明によみがえり、あのおぞましい匂いのほか何も感じなくなった。まわりの景色が揺れ、音は歪《ゆが》んで聞こえる。あのときの薬を今また嗅がされたかのようだった。

こんなときにフラッシュバックか？　自分の脳に裏切られたのが腹立たしい。深く呼吸をしろ。落ち着け。冷静になるんだ。

「……たの？　ドリュー、大丈夫？　具合でも悪い？」

ジェンナが彼の腕をつかんで眉をひそめていた。心配そうな目をしている。

「なんでもない」声を絞りだすようにして答えた。

「そうは見えないわ。唇が真っ青よ。いったいどうしたの？」

もっともらしい言い訳を探したそのとき、ふわりとジェンナの匂いがした。蜂蜜と野の花の匂いが。それでいくらか心が静まった。ドリューは深呼吸をした。さらにもう一度。

「リディアの香水のせいだ。一種のアレルギー反応を起こしたんだろう」とっさに頭に浮かんだ言い訳をそのまま口にしたが、ある意味それは真実だった。

「香水だけなら、まだいいかもしれない。わたしなんて彼女そのものがだめ」ジェンナの言葉には実感がこもっていた。「あの人とあなたのいとこ、ずいぶん感じの悪いペアだわ。それで、どう？　少しはよくなった？」

「ああ、だいぶ」

それ以上はもうどうにもできなかった。ドリューとジェンナはもうパーティー会場に足を踏み入れており、人々がわらわらと寄ってこようとしている。今夜の仕事が始まったのだ。

ドリューは握手し、ハグをし、社交辞令にも雑談にも応じ、カメラやスマートフォンに向かってポーズを取り、携わったプロジェクトについてしかつめらしい解説をした。建築家、エンジニア、役員会の面々、地元の政治家、実業家、ジャーナリスト。数限りないゲストと交流するあいだ、ドリューは平静を保とうと必死だった。ぼろが出そうになるたび、ジェンナが精いっぱいのフォローをしてくれた。

そんな時間が永遠に続くかと思われたが、やがて人々は三々五々、宴会場へと移動しはじめた。今度は、長いディナーと果てしないスピーチの始まりだった。ドリューとジェンナがテーブルについたのは最後だったから、決められた席に座るしかなかった。

ハロルドとリディアは虎視眈々《こしたんたん》と待ちかまえていた。リディアの香水が毒ガスのようにドリューの鼻を突いた。彼女の真正面の席に自分の名が記されたカードがある。それだけで吐き気が込み上げた。

ジェンナがそっと彼を肘でつついて隣の席へ促すと、自身がリディアの前に腰を下ろしながら彼女ににっこり笑いかけた。「お二人とも、楽しんでいらっしゃる?」

「お楽しみはこれからだよ」リディアの隣のハロルドがジェンナの胸もとへ視線を下げた。前菜から始まり、コースの最初の料理が下げられるまで、彼の目はそこに釘《くぎ》づけだった。

ドリューはハロルドの顎を思いきり殴り上げてやりたかった。そうすれば、いやでも目線は上がり、ジェンナの目を見て会話せざるを得なくなるだろう。

リディアの匂いを吸い込まないよう用心しつつ、ドリューはいとこの声がよく聞こえるよう体を傾けた。

「……YouTubeでみたよ。ワイルドサイドでの燃えるようなキス」

「ああ、あれ」ジェンナは戸惑ったように言った。「あれにはまいったわ。アシスタントのアーネストがドラマーを撮ってたの。そんなこと、わたしたち全然知らなくて。びっくりしちゃった」

ハロルドはワインをあおると唇を舐《な》めた。「矢も盾もたまらずって感じだったね」

「いつもあんなふうに見せびらかしてるの？」リディアが目をぎらつかせ、口紅のついた歯を見せて言う。「ドリューにその気にさせられた？　無理もないわ。彼にはそそられるわよね。体験者は語るってやつよ。彼の手にかかると、女はどんな恥ずかしいことでもやっちゃうの」

「ごめんなさい」ジェンナはややたじろいだ様子で言った。「おっしゃってる意味がよくわからないわ」

「つまりね、ぼくたちはこう推測したわけだ」ハロルドが下卑た笑いを浮かべてジェンナを見た。「きみたちはその手の趣味の持ち主なんじゃないかと。他人に、その……睦《むつ》み合うところを見せつけて興奮を得るという。そうなのかい？」

ドリューがいきなり立ち上がってテーブルを叩《たた》いた。椅子がひっくり返って皿が鳴り、ワイングラスが倒れた。ワインが飛び散り、ドレスを守ろうとしたリディアが飛び上がって後ずさりした。

「何するの！」彼女はわめいた。「気をつけなさいよ！」

ドリューは彼女を無視していとこを見すえた。「いったいどういうつもりでそんな質問をする？」

ハロルドはますますあからさまなにやけ顔になった。宴会場は静まり返り、誰もがこのやりとりに注目して、耳をそばだてている。

「ほう、聞こえていたとは驚きだ。ずいぶんぼんやりしているようだったのに」部屋中に聞こえる声でハロルドは言った。「ワインはほどほどにしておけよ。今夜は何をやってるんだ？　抗ヒスタミン薬か？　それとももっと強力な何かかな？」

「はっきりと聞こえた。二度と彼女に話しかけるな」

「きみのフィアンセを讃《たた》えていただけじゃないか」ハロルドはしれっとした顔でそう言った。「あそこまでの熱々ぶりをネットで世界中に公開するなんて、なかなかできることじゃない。ぼくは本当に感心したんだ。妙な言いがかりをつけるのはやめてほしいな。場所をわきまえろよ」

「貴様なんかに言われる筋合いはない」

「ドリュー」ジェンナが強い調子で囁《ささや》いた。「だめよ！　抑えて！」

ハロルドが笑いながら両の手のひらをこちらへ向けた。「そうだよ、落ち着けよ、ドリユー」

「いったいなんの騒ぎだ」背後で、マルコムの怒気をはらんだ声がした。

「なんでもありません」ハロルドが軽い調子で答えた。「ドリューが例によって何かをちょっとやりすぎたみたいで、勝手に騒いでいるだけです。いつものことですよ」

マルコムはドリューをにらみつけた。「本当なのか？　どうなんだ？」

ドリューが答えようとした。が、リディアのほうが早かった。

「こんなの、もう耐えられない」彼女は声を震わせた。ドレスを拭くのに使っていたナプキンを、わななく手で握りしめている。「大嘘つきのクズ男！　この女と再会したのが去年の春ですって？　サンフランシスコにいたときですって？」リディアはジェンナに指を突きつけた。「あのときすでにいい仲だったたってことよね！　オフィスの机にわたしを押し倒したときは、そんなことおくびにも出さなかったじゃないのよ！　あなたなんて最低！」

驚く声や、呆《あき》れたように囁き交わす声があちこちから聞こえはじめた。ウェイターたちはプライムリブステーキの皿を捧《ささ》げ持ったまま固まっている。

リディアはわっと泣きだした。テーブルのあいだを縫い、角に体をぶつけながら、宴会場から飛びだしていく。顔は涙でぐしょぐしょでも、振りまかれる匂いは依然として強烈だった。

彼女の姿が消えると、マルコムがドリューに向き直って咳払《せきばら》いをした。「心臓に悪い事態はできればごめんこうむりたいものだな。心づもりをしておかねばならないので念のために尋ねるが、おまえに恨みを持った別の誰かがまた現れて、大立ち回りを演じる可能性はあるのか?」

「ありません。ぼくの知るかぎりでは」

マルコムはわざとらしくもう一度咳払いをすると、苦虫を噛《か》みつぶしたような顔で周囲を見わたした。誰もがこちらを見つめ、固唾《かたず》をのんでいた。マルコムは忌ま忌ましげに鼻を鳴らし、手で何かを振り払うようなしぐさをした。「さっさとしないと肉が冷めてしまうぞ」ウェイターたちに噛みつき、それからまたドリューのほうを向いた。「ちょっと来てもらおう。二人きりで話をしたい。今すぐにだ」

ドリューはゆっくりと息を吐いた。すべてが終わったのだ。そう思った。

ある意味、こうなってよかったのかもしれない。退路を断たれてしまえば、迷ったり悩んだりする必要はなくなる。前へ進むしかないのだ。

ほっとするべきなのに、不安げなジェンナの瞳を見ると、何かとても大切なものが手からこぼれ落ちていくような心持ちになった。自分はその真価を知ったばかりだというのに。

ドリューは残忍ささえ感じさせる目をして伯父を見すえた。「もしもジェンナにつらく当たるようなことがあれば、ぼくはあなたを許さない」

「さっさとしろ！　わかっているのか、おまえは見世物になっているんだぞ！」

「そうですね。このところのぼくはそればかりだ」ドリューは身をかがめてジェンナの頬を両手で包んだ。「本当にごめん」そっと彼は囁いた。「さようなら」

そうして唇を重ねた。たっぷりと時間をかけて、ドリューはジェンナに熱烈なキスをした。封じ込めていた情熱のありったけを注ぎ、広がるざわめきも伯父の怒声も無視した。

そんなものはどうでもよかった。

失うものはもう何もないのだから。

14

マルコムに続いてドリューが宴会場を出ていく。頭を高くもたげ胸を張り、さながら行進する兵士のようだ。見送るジェンナはショックのあまり声も出せないまま、まだ疼《うず》く唇を指で押さえていた。そして、込み上げる涙を懸命に押しとどめた。

彼のあとを追おうとしたが、じっとり湿ったハロルドの手に手首をつかまれた。「だめだよ、ジェンナ」囁《ささや》くように彼は言った。「関わらないほうがいい。さあ、座ろう。そして楽しもう」

ジェンナは彼の手を振り払った。「あなたと？　冗談じゃないわ」

「とにかく落ち着いて。ぼくは悪い人間じゃない」

思わず笑いが漏れた。「それを信じろって？」

「これはいつものことなんだ。内輪のことでもある。ここに至るまでの長い歴史があるんだよ。きみは関わるべきじゃない。何も知らないんだから」

ジェンナはハロルドをまっすぐに見た。「これまでのことを知らなくたって、あなたの考えそうなことぐらいわかるわ」

その輪郭がみるみるはっきりしてきた。暗室の溶液の中で、印画紙に画像が浮かび上がってくるように。初めてハロルドに会った会食の席で、彼に抱いた第一印象をジェンナは思い起こした。文句なしのハンサム、だがドリューと比べてしまうと見劣りがする、そう感じたのだった。

エヴァから聞いたところでは、仕事の面でも同様らしい。ハロルドもトップクラスの建築士だが、ドリューは別格だ。数々の賞を獲《と》り、名の知れたいくつものプロジェクトに携わってきたドリューが隣にいるかぎり、相対的にハロルドの評価は下がり、普通よりいくらか上、という程度に認識されてしまうのはしかたのないことだった。

人に対するそうした見方、考え方がジェンナ自身は嫌いだった。けれど世間とはそういうものだ。

ハロルドはずっとドリューの陰で生きてきて、もう耐えられなくなったのだろう。

「あなたが彼をはめたんだわ」ジェンナはそう言った。「なんて卑劣な人……すべてあなたが仕組んだことなのね」

ハロルドがワインをすすった。「きみは必死にぼくを悪者にしようとしている。愛《いと》しのドリューは潔白だと信じたい一心で。しかし、彼は黒だよ。非常に残念だけれどね、ハニー」

「わたしはあなたのハニーじゃないわ。あなたはあの女性をわざわざサンフランシスコから連れてきた。伯父さまのそばで騒ぎを起こすよう、あらかじめ言い含めてあったんでしょう」

「言い含めるも何も、彼女が言ったことはすべて本当のことだから。ドリューが自分で蒔《ま》いた種だ。ぼくにも誰にも助けてやることはできない。ソーベルのパーティーの件だってそうさ。あいつの自業自得。今に始まったことじゃない。あのときたまたま写真を撮られただけでね」

「ドリューは罠《わな》にかかってしまったのよ。彼は友だちを助けるためにあそこへ行っただけなんだから」

「本人からそう聞かされたんだね？」ハロルドは憐《あわ》れむような表情でジェンナを見た。「去年、きみはSTEMスピーチのためにサンフランシスコを訪れ、そこでドリューと出会った。ぼくはその日付を調べてみたんだが、間違いなくドリューは当時リディアとつき合っていた。サンフランシスコの仕事が終わるまで、ずっとだ。つまりきみはあの頃、二股をかけられていたんだよ、ジェンナ。ドリューのことだから、きっと今もそうに決まっている。彼はなにしろスターだからね。人間、周囲にちやほやされると自制心がなくなるんだな。きみにショックを与えるのは不本意だが、これが実情なんだ。深入りする前に、よくよく考えてみることだ」

ふたたびハロルドの手が伸びてきそうになったので、ジェンナは腕をさっと引いて後ずさりした。こんな男の相手をしている暇はない。一秒だってもったいない。

マルコム・マドックスにぜひとも話したいことがあるのだ。

ジェンナは背筋をまっすぐ伸ばすと、すたすたと歩きだした。人々の囁きや視線をものともせずにテーブルのあいだを抜け、宴会場をあとにする。マルコムの大きな叱声は上のほうから聞こえてくる。階段を上がり、広い廊下を進むと、〝ヒマラヤスギの間〟と書かれた部屋に行き当たった。

両開きの扉を押し開けると、マルコムの声がいちだんと大きく耳を打った。そこは贅《ぜい》を凝らしたクラシックな応接室だった。

「……には、ほとほと呆《あき》れたぞ！　これまでさんざんヘンドリックに絞られておきながら、性懲りもなく。しかも大勢の客の前であああいう騒ぎを起こすとは何事だ」

「リディアが今夜現れるとは、ぼくはまったく――」

「ジェンナとやらを引っ張りだしてきて、それで事なきを得たつもりでいるんだろう。どこの馬の骨か知らんが、虫も殺さぬ顔をした彼女なら盾代わりに利用できるとおまえは考えた。ちゃちなトリックで点数を稼げたと思っているかもしらんが、何点取ろうと、その十倍もの点数をこれまでに失っているのだ。そんな見え透いた手口――」

「わたしは利用されてなどいません！」ジェンナは叫んだ。「というより、わたしのほうがドリューを利用しているんです！」

マルコムがさっとこちらへ振り向いた。驚きに目を瞠《みは》っている。「これは内輪の話だ、ミス・サマーズ！」

「だからなんでしょう? わたしのことが話題になっていたようですから、参加させていただきます。虫も殺さぬ顔をした、どこの馬の骨かもわからない女ですって? ずいぶんなおっしゃり方じゃありませんか！ 恥を知りなさい、恥を！」

マルコム・マドックスはぽかんと口を開けてジェンナを見つめた。ややあって咳払《せきばら》いをすると、吐き捨てるように言った。「あくまで私見だ」

「では、わたしの意見も聞いていただけましたね」

「ああ。それだけ大きな声でわめかれては、いやでも聞こえる。建物内の全員にな」

「かまいません。わたしには後ろ暗いところはありませんから。何ひとつ」

「あいにく、こっちはそうではないのだ」マルコムはドリューを手で示した。「あの女が言ったことをきみも聞いただろう。こいつはそういう男なのだよ。きみも彼女と同じ目に遭いたいかね？」

「タブロイド誌の写真、あれは罠だったんです！　ドリューは友だちのために あそこへ行きました。彼は自分のことよりまず人のことを考えるんです。国のためにも命をかけて戦って、脊椎を砕かれるほどの傷を負いました。それらはあなたにとってなんの価値もないことなんですか？」

「ジェンナ」ドリューが苦しげに顔を歪《ゆが》めた。「きみはいいから――」

「あなたは黙っていて！」ジェンナは彼にも食ってかかった。「このところのあなたは、自分を弁護しようとしても失敗続きでしょう。だから引っ込んでいて。ここはわたしに任せて！」

「きみの熱意はよくわかったよ、お嬢さん」マルコムが言った。「しかしやはり、よけいなお世話と言わざるを得ない」

「わかってます。なんとでもおっしゃってください。自分の大切な人が貶《おとし》められるのを黙って見ていられないだけですから。そんなこと……絶対に……できません。ただそれだけです」

マルコムは眉間に深い皺《しわ》を寄せ、じろりとジェンナを一瞥《いちべつ》した。その視線はすぐに動いてドリューに向けられた。「ふん。傷ついた兵士というカードを切ったか？」

「手持ちのカードは無駄にしません」ドリューはそう言った。

「それは間違ってはいない」マルコムがまたジェンナを見やった。鋭い目で、査定するかのように。「彼女はなかなか肝がすわっているようだ」

「ええ、そうなんです」ドリューが答える。

「本人を無視してわたしの話をしないでほしいわ」ジェンナはぴしゃりと言った。

マルコムは笑い声をたて、杖《つえ》の先でジェンナを示してドリューに言った。「せいぜい大事にしろ」口調はぶっきらぼうだった。「だが覚えておけ、彼女はおまえにはもったいない。おまえは言ってみればソファによじ登った犬だ。いつ粗相をされるかと、こちらはハラハラしどおしだ。今夜はもうこれ以上醜態をさらすんじゃないぞ。いいな？」

くるりと向きを変えると、マルコムはおもむろに歩きだした。背中を丸めて杖をつき、ぶつぶつと何やらつぶやきながら出ていった。

扉が閉まると、ドリューとジェンナは顔を見合わせた。

ジェンナは当惑し、かぶりを振った。「これって……どういうこと？」

「きみは伯父に気に入られたんだ」ドリューが言った。「おめでとう」

ジェンナは彼をじっと見た。「気に入られた？　言いたい放題言ったのに？　どうして気に入られるの？」

「あの人は強い女性が好きなんだ。自分の意見をきちんと表明できる女性が」

「……そうだったの」ジェンナは火照った頬を両手で押さえた。「ああ、もう」イブニングバッグを探ってティッシュを取りだすと、鼻をかんだ。

「どうした？　なぜ泣いてる？」

「緊張が緩むとこうなるの。頭の中で何かがショートするみたい。大丈夫だから。慰めるとかなだめるとか、なんにもしてくれなくていいから。すぐに終わるわ」

ドリューはそれでも心配そうだった。「本当に大丈夫なのか？」

「ええ」ジェンナはうなずいた。「本当に大丈夫」

ためらうようなそぶりを見せたあと、ドリューは言った。「ジェンナ……ありがとう」

ぎこちない口調だった。

「何が？」

「あんなふうに強く言ってくれて。掩護射撃《えんご》をしてくれて。フィアンセとしての芝居の延長だとはわかってる。その芝居だって、ここで終わりにしてかまわないくらいだ。とにかく、演技であれなんであれ、あんなふうに言ってもらえて嬉《うれ》しかった」

新たな涙が込み上げてきて困った。「いいえ」ジェンナはつぶやいた。「あれは演技なんかじゃないわ、ドリュー・マドックス」ついに言ってしまった。

ドリューのまなざしが鋭くなった。「どういうことだ？　フィアンセのふりをしたんじゃないのか？」

「ふりなんて全然していない」もう認めるしかなかった。「サングリアをぶちまけたときから、あなたのことがずっと好きだった。報われるわけないって知っていたけれど、好きだったの。こんなことあなたに言うべきじゃないのはわかってる。わかってるけど、ほら、脳がショートしちゃってるから。こうなるといつも、泣いて、そして言わなくてもいいことを言ってしまうの。とにかく……今夜はこれ以上傷を深くしないうちに帰るわね。コートを取って――」

そこでジェンナは、きゃっと小さく叫んだ。ドリューにいきなり抱きすくめられ、キスをされたのだ。

電流が走り、全身が痺《しび》れた。ドリューは息もせず、たくましい筋肉質の体を震わせて性急に求めてくる。興奮が光のようにジェンナを貫いた。いつもは密《ひそ》やかにくすぶっている欲望が、こうしてドリューに触れられるたび、燃えさかる炎になる。

彼の首を抱き、みずからの重みを委ねて全力でキスを返した。ドリューの口の甘さを貪るうち、新しい愉悦の世界がジェンナの中で花開いた。

ドリューは彼女を抱いたままアンティークソファへ移動した。ジェンナを膝に抱き上げると、むきだしの肩に優しく、そして狂おしく、唇を這《は》わせる。ビーズの肩紐《かたひも》が左右の肩から滑り落ち、ストラップレスブラの上端のレースが覗《のぞ》いた。ドリューは喉を苦しげに鳴らすとそこに顔をうずめ、二人同時に悦《よろこ》びの声を小さく漏らす。柔肌に熱い軌跡を描く唇がジェンナを陶然とさせる。どこに触れられても、快感はたちまち全身に広がった。今ドリューの手は、ジェンナの背中をまさぐっている。

「なんて熱くて柔らかいんだ」彼はうめき、囁いた。「それに、この滑らかさ……たまらないよ」

ジェンナは硬くそそり立つものの真上にみずからの体を落ち着けると、もう一度キスをした。ドレスの身頃がしだいにずり落ちてくる。けれどむきだしの背中を撫《な》でられるのはえも言われぬ気持ちよさだった。そしてキスはますます深く激しくなっていく。

ドアがきしんだ。外の気配に二人はぎくりとし、首を巡らせた。ジェンナの下でドリューの体がこわばる。

マルコム、ヘンドリック、ベヴ、ハロルド、エヴァ、アーネスト。みな、目を瞠り口を開けている。彼らの後ろにも十数人がおり、押し合いへし合いしながら伸び上がってこちらを覗き込んでいる。囁き交わされる驚きの声や、困惑混じりのくすくす笑いが聞こえてきた。

「嘘でしょう」ジェンナは慌ててドレスの胸もとを整えると、ドリューの膝から床に下り立った。

「戻れ！　みんな、戻るんだ！」

マルコムが怒鳴ったが、戸口の人間は野次馬に退路をふさがれていて身動きが取れない。

ハロルドはまったくの無表情だ。エヴァはにんまり笑い、〝手の込んだ演技、お疲れさま〟と無言で伝えてくる。

これは演技ではないのに。まったく違うのに。

ベヴが勝ち誇ったように夫に言った。「ほらね、ヘンドリック、二人は心から愛し合っているのよ。そう思わない？　この賭けはわたしの勝ち。有り金はたく準備をしておいてちょうだいね」

ヘンドリックはただじっと二人を見つめている。もじゃもじゃの眉をひそめて、事態がよくのみ込めていない様子だ。

それはジェンナだって似たようなものだった。

「戻れと言っているんだ！」マルコムがもう一度声を張り上げる。「全員、宴会場へ戻れ！　聞こえないのか！」

ジェンナはなんとか身繕いを終え、靴を履いた。カーペットに放りだされていたビーズのイブニングバッグを拾い上げる。「潮時みたい」小声でドリューに言った。「わたしは消えるわね」

「二人一緒にだ」即座にドリューは言った。「きみだけを行かせはしない」

彼の目を見たとたん、野次馬の存在は頭から消えた。ドリューの瞳はジェンナを渇望していた。人に見られたぐらいでは冷めようのない欲望がそこにはたぎっていた。彼の中で燃える炎は刻一刻と激しさを増し、ジェンナをのみ込もうとしている。

「ええ」ジェンナは言った。「一緒に消えましょう」

ドリューの目がきらりと光り、温かい手がジェンナの手を握りしめた。

二人のやりとりはマルコムに聞こえていた。「それがよかろう。今のおまえたちには自制という言葉は無縁のようだからな」口調は相変わらず冷ややかだ。「さっさと行け！　あとはわたしがなんとかする。これ以上の会社のイメージダウンはなんとしても阻止せねばならん」

「あら、伯父さま」笑いをこらえたようなエヴァの顔はずっと変わらない。「イメージダウンどころか、みんな楽しんでくれているじゃない。伯父さまだってわかってらっしゃるくせに」

「もういい、エヴァ」ドリューが言った。「おまえは、もう手を引け」

「ええ？」エヴァが目を見開いた。「わたしは何も関係ないでしょ。ただ、二人がここで帰っちゃう必要なんてないと思っただけ」

「いや、ぼくらは失礼する」ドリューはジェンナの腰に片腕を回すと、戸口の人だかりに向かって歩きだした。「空けてください」

有無を言わせぬその口調に、人々はそそくさと後ろへ下がり道を空けた。ジェンナの顔は熱く火照っていたが、ハロルドの冷たい目を見るとぞくりと寒気がした。彼は全身から怒りのオーラを放っていた。

人々はあれこれと二人に話しかけてきたが、何を言われているのかジェンナはもうわからなかった。ドリューはそれらには耳も貸さずに彼らを押しのけ、階段を下り、クロークまで来てジェンナにコートを着せかけた。

「震えているね」出口へ向かいながら彼は言った。「ぼくのコートを着るといい。こっちのほうが暖かいから」

「寒くはないわ。むしろ暑いぐらい」

外へ出ると、夜の冷気が上気した顔に心地よかった。

「車はどこにとめた？」

「乗ってこなかったわ」歯を鳴らしながらジェンナは答えた。「タクシーを使ったの。運転や駐車が煩わしくて」

「そうか」そこへ彼のジャガーが回されてきた。

ドリューが助手席のドアを開け、ジェンナが乗り込んだ。駐車係にチップを渡してから彼も運転席に座る。その後しばらく、どちらも黙したままだった。

ジェンナが震える声で笑った。「大変な騒ぎだったわね」

「まったくだ」ドリューはエンジンをかけ、車を発進させた。「いやな思いをさせてすまなかった」

「あなたが謝ることないわ。そもそもわたしが伯父さまに盾ついたのが始まりだったんだから。わたし、あなたの会社の偉い人たちや大勢のゲストにブラを見せちゃった。きっと死ぬまで言われつづけるわね」

ドリューが声をたてて笑った。「ブラをつけていただけよかった」

「確かに。だけど自分で自分のしたことが信じられないわ。あんなところを人に見られてしまって、社会的信用は丸つぶれかも」

「だとしたら本当に申し訳ない。きみの仕事に影響が出るようなことだけはしたくないと思っていたのに」

ジェンナはビーズバッグのストラップを指に巻きつけた。「あんなふうに野次馬が現れて、気持ちが冷めちゃったでしょう？」

「いいや」ドリューは前方に目を向けたままコンソール越しに腕を伸ばして、ジェンナの手を握った。

痺れるような感覚がジェンナの腕を駆けのぼったかと思うと、あっという間にもっと深く密やかな場所へと広がっていった。「本当？」普通にしゃべろうとしても、声が勝手に震えてしまう。「みんなに見られてショックじゃなかった？」

「ほとんど意識していなかった。見えていたのはきみだけだった。天変地異が起きたってこの興奮は冷めないよ」

ジェンナの体が期待に満たされ熱く火照った。

「きみは？」ドリューが訊《き》いた。「冷めてしまった？」

ジェンナは繋《つな》いだ手に力を込めた。「いいえ、全然」

ドリューも強く握り返した。「ぼくの家でもいいかな？　そのほうが近いし、住まいをきみに見てもらいたい」

「ええ、ぜひ」

ついに始まる。わたしにはコントロールできないゲームが。無駄なあがきはもうやめよう、とジェンナは思った。

彼が差しだすものを、そのまま受け止めよう。たとえそれが彼の肉体だけであってもかまわない。いっときの気まぐれでも、なんなら一晩だけでもかまわない。わたしはそれが欲しくてたまらないのだから。両手でしっかりつかんで離さないようにしよう。

心の傷はあとから手当てすればいい。そのための時間はたっぷりあるはずだ。

彼を拒否して逃げつづけて、ひどい態度もとってきたのに、結局はドリューの魅力に屈してしまった。

これでわたしは名実ともに、裕福なプレイボーイの玩具《おもちゃ》になる。

それならそれで結構。幕は切って落とされたのだ。

15

運転をしながらドリューは終始無言だった。ジェンナを自分の車に乗せている、自分の家へ連れ帰ろうとしている――ついに、この日が来た。それだけで胸はいっぱいになり、息をするのさえ苦しい。しゃべるなど論外だった。

セックスを知りはじめたティーンエイジャーの頃でさえ、こんなふうになったためしはなかった。最初のうちは涼しい顔を装って、自信ありげにふるまっていた。そうするうちに、それが本当のドリューになっていった。

だが、そのドリューはもういない。相手がジェンナとなるとまるで勝手が違った。いつもと同じだと高をくくってはいられない。何が起きるか予測がつかない。伴うリスクも大きい。

車の操作に手を使わなければならないとき以外、ドリューはジェンナのひんやりした華《きゃ》奢《しゃ》な手をずっと握っていた。しかたなく離しても、またすぐに握った。本物のジェンナがここにいることを、そうやって何度も確認しようとした。

しかし彼女も緊張しているのだ。ここですべてを台なしにしてしまわぬよう、細心の注意を払わなければならない。

ワシントン湖を望む自宅の私道へと折れ、ガレージに車を入れた。

「自分で設計した家ね」

「どうしてわかる？」

「あなたが建てたものをたくさん見てきたから。湖畔に並び建つ豪邸の前を今も通ってきたけれど、この家はたたずまいが違っているわ。環境と喧嘩《けんか》していない。まわりの景色と気持ちよく調和しているみたいなの」

嬉《うれ》しかった。自分の仕事を彼女が理解してくれたこと、自分の住まいを気に入ってもらえたことが、嬉しくてならなかった。同時に、そんな自分に呆《あき》れた。これではまるで、褒められて有頂天になる子どもと同じだ。

「中へ入ろう」ドリューはジェンナの手を取ると石畳の小道を歩きだした。

木立を縫い、庭園を抜け、正面玄関をくぐる。玄関ホールの中央でジェンナは足を止め、一列に並ぶ天窓を見上げた。それからゆっくりとリビングルームへ入っていった。壁一面のガラスの向こうで、対岸の明かりを映した湖がきらめいている。フレンチドアからパテイオに出て、さらに木道をたどれば浮き桟橋に行き着くが、舫《もや》われている自家用ボートで遊ぶ時間が取れなくなって久しい。

「明日、隅々まで案内するよ。明るいときに」

今はそれどころじゃない。きみに触れたくてたまらないんだから。ドリューは心の中でつぶやいた。

「楽しみだわ」ジェンナはそっと答えた。

リビングルームのあちこちを見て歩く彼女から目を離せずにいたために、常識的な礼儀を思い出すのに時間がかかった。

「コートを預かろう」

ドリューはホールに戻り、壁面のパネルを開いた。杉板張りの広々としたクローゼットが現れる。ジェンナがそばへ来て背中を向け、ドリューがコートを脱がせた刹那、甘い香りがふわりと立ちのぼった。シニヨンから飛びでた巻き毛が、顎のまわりで揺れている。彼女の柔らかい肌に今すぐにでも顔をうずめたい。

ドリューはごくりと唾を飲み込んだ。「何か飲むかい？　ウィスキーかブランデー、ワインを開けてもいい。それともカクテルを作ろうか。なんでも好きなものを言ってくれ」

ジェンナが顔だけ振り向いた。赤い唇の両端をくっきり上げて、官能的に微笑《ほほえ》む。「遠慮しておくわ。飲まなくても酔っ払ってるみたいな気分なんだもの」

「暖炉に火を入れようか？」

「お互いこんなに体が熱いのに？」

冗談めかした軽い口調だったが、聞いたとたんにドリューの体に火がついた。知らず知らず両手の指を曲げ、こぶしを握りしめていた。「確かに」硬い声で答《じ》える。

「そういう時間稼ぎはもういいの」ジェンナが言った。「ずっと焦らされてばかりだったんだから」

ドリューは乾いた笑い声をたてた。「ぼくがきみを焦らした？ 冗談だろう？ 最初からぼくはきみの足もとに身を投げだしていたも同然だ。きみが欲しいと全身全霊で訴えていた！」

「それにしては、今は余裕たっぷりじゃない？ 教科書どおりの台詞《せりふ》をなぞったりして。何か飲む？ 暖炉に火を入れようか？」ジェンナは横目でドリューを見た。「次は？ 版画を見せてくれるのかしら？ それとも蝶《ちょう》の標本？」

からかうような調子はわざとなのだと、もうドリューにはわかっていた。ジェンナはとてつもなく緊張しているのだ。こういうことを口にして、最後の一歩を踏み込ませないようにしている。

まずは彼女の緊張を解かねばならない。焦らず……ゆっくりと。

先の問いには答える気もなかった。ドリューは黙ってジェンナの背後に回ると、上体をかがめ肩にキスをした。そのまま唇をうなじのほうへ滑らせる。言葉はいらない。教科書どおりの台詞も。ドリューは何も言わずにただ彼女の肌を唇で愛撫《あいぶ》した。静けさの中、ついばむような繊細な音だけをときおりたてながら、ごくゆっくりと唇を滑らせた。ジェンナの髪はあくまで柔らかく香《かぐわ》しく、そして温かい。

ジェンナが頭を大きく傾けた。

促されたのを感じ取り、ドリューはますますこの行為に夢中になった。一晩中でも続けていられそうだ。ジェンナの首筋を、肩を、探索するかのように濃密な口づけを繰り返す。腕の中でジェンナがしだいに柔らかくほぐれていく。彼女に悦《よろこ》びの声をあげさせたい。立っていられなくなるほど欲情させたい。

息遣いが乱れはじめたジェンナの後ろから、腰を抱く。広げた片手を腹部に当てると、極薄のシルク越しに体温が伝わってくる。その体の細かなわななきも、喉の奥から漏れる小さな喘《あえ》ぎも、愛《いと》しくてならない。ドリューは手を移動させた。胸郭がわかる。乳房の柔らかな重みを感じる。デコルテの滑らかさも、鼓動の速さも。

その手にジェンナの両手が重なった。とどめるためではなく、ただ重ねられ……力が込められた。ドリューは頭を低くしてまた両肩にキスをした。ビーズの列を唇で押しやって、片方のストラップを肩から落とす。さらにもう片方も。急がなかった。じっくりと時間をかけた。

下半身の脈打つものはジェンナの背中に密着している。それを歓迎するかのようにジェンナはこちらへ深く寄りかかっていた。夢見るような笑みを浮かべているのは、ぼくを誘《いざな》っているのか。

しだいに気持ちが急《せ》いてきた。手が震えだしたが、辛抱強く速度を保つ。肩先に顔をうずめているとき、はぐれた毛束にヘアピンがからまっているのを発見した。キスを中断し、すべてのピンを取り去ると、奔放なカーリーヘアがふわりと大きく広がった。

「このスタイルがいちばん好きだ。自由でワイルドなのがいい」

「わたし、どんどんワイルドになっていくみたい」ジェンナが囁《ささや》いた。「こんなふうにキスされると頭がどうにかなってしまいそう」

「それでいいんだよ。きみをくらくらさせたいんだ」

「わたしもあなたをそんなふうにさせたいわ」

「安心してかまわない。すでに、なっているから。エレベーターで初めてきみにキスされた瞬間から、ぼくの頭はくらくらしっぱなしだ」

　ジェンナが振り向いた。色彩豊かな瞳が息をのむほど美しい。彼女はドリューに預けていた背筋を伸ばすと、くるりと向きを変えた。目の前で体を揺すり、ドレスを腰まで落とす。

　頭を一振りして髪を後ろへ払い、官能の光をたたえた目で、ジェンナはまっすぐ彼の視線を受け止めた。それから両手を後ろへ回した。

　ブラジャーを取り去り、また背筋をすっと伸ばした。自身を誇示するかのように堂々と。頬の赤みは濃く、唇は薄く開き、呼吸は速い。手は震えている。

　完璧に美しい乳房だった。こんもりと高く、しなやかに張りつめ、先端は濃いピンク色をしている。低い室温のせいで鳥肌が立っていながら、胸のあたりには頬と同じく赤みが差している。

　ドリューは餓《う》えた獣のように突進しかけ、そんな自分を戒めた。慌てるな。落ち着け。まずは両手をジェンナの腰に置く。とたんに彼女はぶるりと身を震わせた。腋《わき》の下まで胴をゆっくり撫《な》で上げると、また震える。

　乳房をそっと包んだ。知らず知らずうやうやしい手つきになる。「美しすぎて目眩《めまい》がしそうだ」

「わたしはまだ目眩は始まっていないけれど？　女を待たせすぎじゃないかしら？」

「あえて急がないようにしているんだ。初めてのセックスは一度きりなんだから、すばらしいものとして記憶にとどめておきたい」

ジェンナがにっこり笑うと、とたんにドリューのうちの火が全身に燃え広がった。

「あなたがそんなロマンティストだったなんて知らなかったわ」

「ぼくだって知らなかった。これまでは一度たりともそんなふうに思わなかった。相手がきみだからだ」

ジェンナは眉を上げた。「それは光栄だわ。わたしがあなたに独創的なひらめきをもたらしたのね」

ドリューは首をかしげた。「きみの表現こそ、ときどき独創的すぎて解釈に苦しむ」

ジェンナは笑った。「いいのよ、わからなくて。あなたをからかってるだけだから」

そう言って手を伸ばすと、彼女はすばやくドリューのボウタイを緩め、シャツのボタンをはずしはじめた。片手を中へ滑り込ませて、胸をじかに撫でながら。

「わたしの今の気分からして、これがすばらしい記憶にならないはずがないわ。大丈夫、あなたの思うままにして。わたしはあなたのことを信じてる」

セックスだけの話だとわかっていても、信じていると言われてドリューの胸に熱いものが込み上げ、同時に下半身がたぎった。

「ひとつだけ、いい？」ジェンナはためらいがちに切りだした。「わたし、コンドームは持ち歩いていないの。だから……」

「ぼくが持ってる」

「そう。それなら安心。でもね、ついでだから言ってしまうと……少し前に病院で徹底的に調べてもらったの。ルパートがわたしを裏切っていたとわかって、すぐ。幸い、なんにももらっていなかった。わたしは病気持ちじゃありません。いちおうお知らせしておくとね」

「話してくれてありがとう。ちなみにぼくも検査ずみ、問題なしだ」

「それはなにより」ジェンナはボタンをまたひとつはずした。さらに次も。そうしてシャツの前を大きく開くと、現れたものに感嘆のつぶやきを漏らした。「実はわたし、避妊インプラントを入れていて。だから……コンドームはなしでも大丈夫よ、もしよかったら」

もしよかったら？　あれを使わずにジェンナを抱けるのかと思うと、嬉しさにまた目眩がしそうだった。「夢みたいだ」

ジェンナは微笑み、彼の胸に唇を寄せた。「それで……場所はこのまま？　玄関ホールの真ん中だってわたしはかまわないけれど。こんなにすてきなところ――」

いきなりジェンナの体をすくい上げる。

「え？　何？」横抱きにされたジェンナは慌てた声を出した。

そのまま長い廊下を進む。「ベッドルームへ行くぞ」

ジェンナはシャツの襟もとをつかんで引っ張った。「あら」小さくつぶやく。「なんて偉そうなの。でも、すてき」

「そういう趣味なのか？」

「あなただからすてきなの」

ドリューはマスターベッドルームのドアを足で押し開けた。広々とした空間に家具類はわずかしかない。すべて眺望のおまけのようなものだ。湖をはるかに見わたせるふたつの窓からほのかな明かりが差して、竹張りの床や巨大なベッドを照らしだしていた。

ドリューはジェンナをベッドに運び横たえると、そこへ覆いかぶさった。ほっそりした体はすっかり隠れてしまう。

信じているから思うままにしろと彼女は言った。その言葉を額面どおりに受け取ってやろうじゃないか。

16

自分が炎になった気がした。熱く燃える芯のほか、すべてが煙になって消え去った。ドリューに組み敷かれてもだえているこの女は誰？　身も世もなく喘《あえ》いでいる女は？　ドリューの虜《とりこ》になっていながら、これほど自由奔放になった覚えもないとジェンナは感じていた。

熱くしなやかな体の重みが心地いい。たくましい胸筋が乳房を圧迫している。と思うと彼の体が下へずれ、首筋に、それから鎖骨に、キスが始まった。

ドリューの唇が胸まで来たとき、ジェンナは一気に未知の高みへ押し上げられた。そこは光あふれるまばゆい世界だった。彼の頭を抱えて髪に指をからめ、左右の腿をきつく合わせて息をするのがやっとだった。ドリューの背中に脚を回したいのに、彼の脚に両側から挟み込まれて動けない。だから身をよじり喘ぐしかなかった。みずからを解き放ちたいと本能が叫んでいた。興奮はいよいよ高まり、やがて頂点に達して――その瞬間が来た。

強烈な快感に全身が脈打った。ジェンナは歓喜の津波に襲われ、押し流された。まぶたを開けるとドリューの顔があった。目を輝かせている。

「好調な滑りだしだ」彼はにやりとした。「達したときのきみを見るのが大好きなんだ」

ジェンナは声をたてて笑いたかったが、体に力が入らなかった。彼の重みを受けた胸を上下させるのは難しい。それを感じ取ったのか、ドリューがジェンナの体から下りて彼女を抱き寄せ、二人は見つめ合う形になった。

ジェンナは彼のシャツを引っ張った。「お願い、脱いで」

むくりと上体を起こしたドリューはタキシードを放り投げ、シャツをかなぐり捨てた。靴と靴下も脱ぎ捨てた。

脱力した体を引き上げるようにしてジェンナも身を起こすと、床に足を下ろした。サンダルを脱ごうとするが、アンクルストラップのバックルがばかみたいに小さくて、震えのおさまらない手ではなかなかはずせない。

ドリューが前にひざまずいた。大きな温かい手でジェンナの手をそっと押しやる。「ぼくがやろう」

やすやすとバックルをはずしてサンダルを後ろへ放り、ドリューはジェンナの目を見つめた。見つめたまま、その手で脚の外側を静かに撫《な》で上げる。ガーターストッキングの上端のレースへ、さらにその上に覗《のぞ》く熱い肌へと手は移動する。催眠術をかけるかのような、いつものゆっくりとした愛撫《あいぶ》が始まった。

「ドレスは脱がせる」ドリューは言った。「でもストッキングはこのままだ」

ジェンナは立ち上がった。支えにしようと彼の肩に手を伸ばすも、隆々とした筋肉のせいでしっかりつかむのは難しい。「ビーズの部分を直してもらうのは大変だったのよ。ちぎれたりしたらいやだわ」

腰にからまるグリーンの布の塊を、ドリューはそっとずらして床へ落とした。喉をきしらせるようなうめきを漏らし、ジェンナのお腹に顔をうずめる。

温かく柔らかな息がかかった。熱い軌跡を描く唇は、触れたところすべてをとびきり敏感な性感帯に変えていく。

ジェンナは彼の髪に指を差し入れ、耳から頬、そして顎へと手を滑らせた。わずかにざらつく髭剃《ひげそ》り跡を撫で、固くたくましい肩をつかむ。

かそけきレースにドリューの親指がかかり、下着が引き下ろされた。ジェンナが両足を抜くとドリューの頭がいっそう深く前傾した。密《ひそ》やかな部分にキスをされ、息が止まりそうになる。ジェンナのヒップを抱え、敏感な肌を、肉を、巧妙に貪るドリュー。ジェンナはドリューに爪弾かれる弦になり、全身を小刻みに震わせつづけた。

「なんてすてきなんだ」艶やかな翳《かげ》りの周辺に唇を這《は》わせてドリューは囁《ささや》いた。

応えたいけれど言葉なんて出ない。身も心も真っ裸にされている。彼にすべてをさらけだしている。恥ずかしくてたまらないのに、こんなにも気持ちいい。ジェンナはドリューの頭をつかみ、指に力を込めた。お願い、もっと、と声に出さずに叫んだ。

無言の叫びに応えるかのように、ドリューの舌が柔らかな襞《ひだ》に分け入った。大胆に、巧みに、たゆみなく動きつづける舌と唇。信じられないぐらいドリューは上手だった。容赦なくその部分を翻弄され、ジェンナは大きく頭をのけぞらせた。むせび泣きにも似た声をあげ、うごめく彼の舌以外、すべてを忘れた。転がされ、吸われ——そうして弾《はじ》けた。ふたたび迎えた絶頂にジェンナは全身をわななかせた。

しばらくして気がつくとジェンナはベッドに横たわり、軽やかな羽毛布団をドリューにかけられるところだった。

「どうだった?」

ジェンナは唇を舐《な》め、囁き声で言った。「あんなに気持ちよくなったのは生まれて初めて」

「それはよかった」暗くてドリューの表情は読み取れなかったが、嬉《うれ》しそうな口ぶりだった。

ジェンナは彼のベルトに手をかけた。「あなたも脱いで。わたしだけこんな姿なのは恥ずかしいわ」

「恥ずかしがらなくていい」彼はすぐさまスラックスを脱いだ。「ぼくもつき合う」

ブリーフが下げられ、屹立《きつりつ》したものが解き放たれた。ジェンナは思わず起き上がって感嘆の声をあげた。力強く脈打つものを、彼女はそっと握った。そこにドリューが自分の手を重ね、上下させはじめる。それはとても熱かった。硬かった。そしてジェンナをみだらな気持ちにさせた。自分でも信じられないほどの興奮を覚えながら彼を撫でさすり、探索し、焦《じ》らし、握りしめた。この手がドリューを震えさせ、喘がせ、うめかせているのだと思うと嬉しかった。

やがてドリューはジェンナの手を押しとどめると、彼女の腕の中に身を横たえた。裸の肌と肌が重なったその刹那、ジェンナは息をのんだ。火傷《やけど》しそうに熱いドリューの体に圧倒される。その感覚は新しい発見のようでありながら、ひどく懐かしい感じもした。遠い昔から彼のことを知っていたような、二人はもともと絆《きずな》で結ばれていたような。うごめく舌と舌。握り合う手と手。からみ合う脚と脚。いつしかジェンナは、自分の位置も体勢もわからなくなった。世界はドリューを中心に回っている。世界にはドリューしかいない。ほかのことはもうどうでもいい。なんだか息がしづらくて、気づけばジェンナはドリューの大きな体に組み敷かれていた。その腰に脚を回して彼を引き寄せると、猛《たけ》るものの熱がお腹にじかに触れた。

「準備はいいか？」

喉が焼けつき唇は震え、声を出せない。ジェンナはただうなずいてドリューをまた引き寄せた。いっそう強く、いっそう近くへ。

ドリューの笑みが薄明かりに一瞬浮かんだ。体勢を整える彼の下でジェンナは背を反らし、思うさま脚を開いた。

「なんて柔らかいんだ」しっとり濡《ぬ》れた襞を分けた彼のものが、焦らすような小さな動きをとば口で繰り返す。

この状態で言葉を形づくるなんてとうてい無理だ。ジェンナは無言で意思を伝えるしかなかった。ドリューの胸をかきむしるようにして低くうめいた。彼がゆっくりと入ってくる。奥の奥まで、彼に満たされる。

ジェンナはすぐには動けなかった。けれど体は、自分で想像もしなかったほど柔らかくしなやかに、そして熱くなった。二人一緒に緩やかに動きはじめた。最初のうちこそ小さな波にたゆたっていたジェンナだが、じきにいつものとおりになった。われを忘れて身をよじり、奔放に叫び、ドリューの背中にしがみついて爪を立てた。あなたのすべてが欲しいと懇願した。

ドリューはそれを彼女に与えた。深くリズミカルに突かれ、恥ずかしい箇所をいじられて、ジェンナは叫んだ。彼の性器、彼の手指、何もかもが最高の快感をもたらしてくれる。永遠にこれが続けばいいのに。でも、もう頂上が近い。こんなに高いところまで来たのは初めてだ。ああ、もう、すぐそこ。

ここまで昇りつめて、その向こうにはいったい何が待ち受けているんだろう。燃え尽きて灰になってしまうんじゃないだろうか。この世から消えてしまうんじゃないだろうか。それでもかまわない。かまうわけがない。このエネルギーを、野生のままの力を、ただ解き放つだけ。断崖絶壁から転げ落ちようとも。

けれど落ちなかった。驚いたことに、ジェンナは空高く飛ぶことができたのだった。

ドリューは両肘をついて体を支えると、熱く甘美な深みから自分のものをゆっくりと浮上させた。名残惜しかった。彼女のタイミングを読み誤りはしなかっただろうか。本当はもっともたせるつもりだったのに、あまりの快感にわれを忘れて果ててしまった。ジェンナのそこは小作りで、しなやかに締まり、すばらしかった。とても長々とは続けられなかった。理性も抑制も、すべてが吹き飛んでしまった。

ジェンナに寄り添うと、ドリューは彼女の頭から足まで、届くところすべてにそっと手を触れていった。最後に背中を撫でながら、裁定が下されるのを待った。知らず知らず息を凝らしていた。

長く待つ必要はなかった。睫《まつげ》が細かく揺れて、美しい瞳が現れた。放心したように瞳孔が開いている。ドリューに気づいた彼女が、ふわりと笑った。光り輝く笑顔だった。

「あら、ドリュー」

彼女の手を口もとへ持ってきて、指の背にキスをした。「気分はどう？」

「最高よ。あんなことが起きるとは思わなかった。びっくりだわ」

「え？」ドリューは用心深く問い返した。「それはつまり……？」

「あそこまで気持ちよくなること。あんなふうになってしまうこと。知らなかったの……あんな感覚がこの世に存在するだなんて」

ドリューの緊張がほぐれた。「ああ、なるほど。それなら、よかった」

ジェンナが目を瞠《みは》った。「待って」彼女はくるりと横向きになるとマットレスに肘をつき、もたげた頭を手で支えた。「もしかして、心配していたの？」

「完璧な体験をさせたかったんだ」ドリューはもう一度彼女の手にキスをした。

「〝完璧〟という言葉は間違っているわ」諭すような調子で彼女は言った。「〝完璧〟って、慎重に計算され構築された結果でしょう？　あれはそんなのじゃなかった。生《き》のままというか、自然で激しいものだった。でも、こんなことわざわざ言う必要ないわよね。あなただってあそこにいたんだから」

ドリューは頬が緩むのをどうしようもなかった。「今もここにいるよ。ぼくはどこへも行かない」

唇を重ねると、一瞬にしてドリューのものが力強くよみがえった。ふたたびジェンナへの欲望をたたえて激しく疼《うず》きはじめた。

早すぎる。抑えろ。落ち着け。

ドリューはうつ伏せになると、羽毛布団に覆われたジェンナの温かな肌を撫でさすった。それで自身を満足させようとした。暗がりに、彼女の顔から首にかけての輪郭が浮かんでいる。なんてきれいなんだ。ドリューは心からそう思った。こんな女性はどこにもいない。ジェンナは唯一無二の存在だ。

「わからないな」思わずつぶやいていた。

「何が？」

「きみの元恋人の気持ちだよ。きみという人がいながらほかの女性に目移りするなんて、ぼくにはまったく理解できない」

ジェンナは小さく鼻を鳴らした。「ルパートはもともとわたしのことなんて見ていなかったのよ。自分が注目の的になりたかっただけ。わたしの仕事や研究なのに、彼はそれを自分がしている気になっていたみたい」

「同業者なんだね？」

「そう、同じエンジニア。彼はチェリスの義手を開発したチームにいたの。だけど今はもう、わたしも以前ほど腹を立てていないわ。プライドが傷ついただけで、ほかに実害はなかったんだもの。すんでのところで大惨事を免れたってわけ。彼とケイリーのおかげよ。だいぶ戸惑いはしたけど、勉強になった。あの二人には感謝しないと」

横向きだったドリューは仰向けになると、ジェンナをうつ伏せにして自分の上にのせた。

「安心したよ」

「どうして？」ジェンナが体勢を整えようとして身じろぎをした。柔らかな肌が細かくこすれる感覚が心地いい。

彼女の体が正確に自分の望む場所に落ち着くよう、ドリューは手直しをした。彼が腰を何度か打ちつけると、ジェンナはひとつ大きく喘ぎを漏らした。「きみが元恋人に未練を残していないとわかったから。誰かときみをシェアするなんてまっぴらだ」

ジェンナは目を見開いた。「まあ」

二人は長いあいだ見つめ合っていたが、やがてジェンナの表情が変わった。二人のあいだで常に燃えている火が、またしても勢いを増した瞬間だった。

ジェンナはドリューの胸に両手を置くと、上体を起こして彼にまたがった。はねのけた布団がドリューの足もとに落ちる。肩をそびやかし、欲情をたたえた目でドリューを見つめるジェンナ。彼女はドリューの中心へ手を伸ばし、高まりきったものを愛撫しはじめた。もう片方の手を彼の胸に置いてジェンナは言った。「脈打ってるわ。両方とも」

ドリューは彼女の手に自分の手を重ねて押さえると、彼女の尻を持ち上げ、下腹部で脈打つものの真上へすえた。ジェンナがみずから位置を調整し、言葉にならない声をあげつつそろそろと腰を沈める。潤んだ熱にじりじりとのみ込まれていきながら、ドリューは快感に身を震わせた。

最適なリズムを二人で探り、発見した。ドリューはすぐにも果てたいほどに高まりながら、一方ではこれが永遠に続けばいいとも思うのだった。奥へ行き着く感覚は濃密なキスに似ていた。ドリューは深く大きく腰を回して、その感覚を最大限に味わった。ジェンナに悦《よろこ》びの声をあげさせるため、力と技のすべてを注いだ。

頭を大きくのけぞらせてジェンナが叫び、全身をわななかせた。ぎりぎりだった。ドリュー自身のクライマックスもすぐそこに来ているからだ。頭の中でごうごうと地鳴りがしている。地滑りが来る。巨大なやつが。

来た。ドリューはのみ込まれ、世界は真っ白になった。

どれぐらいの時間が過ぎただろう。二人は同時に地上へ戻ってきた。ジェンナがドリューに覆いかぶさるようにして胸に唇をつけた。

「あなたとのセックスはきっとすてきだろうとは思っていたけど」そっとつぶやく。「ここまでとはね。想像をはるかに超えていたわ」

「ぼくも同じだ」

ジェンナが顔を上げて笑いだしたためにドリューは困惑した。「やめてよ。嘘でしょう？　あなたほどの経歴の持ち主が？」

「どんな経歴？」

「決まってるじゃない。恋愛遍歴よ。名だたる美女たちとレッドカーペットを歩いたり豪華ヨットで遊んだりしてきたでしょう」

ドリューは枕から頭を浮かせた。「それとこれとなんの関係があるんだ？　確かにたくさんの女性がぼくと関わりを持った。だが彼女たちとのつき合いがぼくを満足させてくれたためしはなかった。セックスも含めてだ。誰かを心から好きだと思ったこともなかった。心を開かないと言って相手からは責められたが、ぼくにとってそれはそんなに簡単なことじゃなかったんだ。でも、きみになら開ける。ぼくにとって、きみという人は特別なんだ」

ジェンナは重ねた両腕に顔をのせてじっとドリューを見た。美しい目で、彼の心を覗き込もうとするかのようだった。すぐれた頭脳のすべてを使って、嘘とでまかせとを峻別《しゅんべつ》しようとしている。この男が本気か否か、決断を下そうとしている。ドリューは裁判にかけられているのだった。

ドリューはまっすぐに見つめ返した。「こんな気持ちになったことはなかった。一度たりともなかった。誰に対してもだ。口先だけでうまいことを言っているんじゃない。誓ってもいい。これがきみへの、嘘偽りのないぼくの気持ちだ」

ジェンナがゆっくりと両手を伸ばしてきた。ドリューの顔を包み込み、頬を、それから顎を、指でなぞる。目に涙をためてジェンナはにっこり笑い、そしてうなずいた。

「わかったわ」そっと囁く。「あなたを信じる」

ドリューの内なる鎖が弾け飛んだ瞬間だった。彼がジェンナを強い力で抱き寄せると、二人はすぐまた互いを求めはじめた。

この世の何ものにも止められはしない。それほど激しく狂おしい営みになった。

17

ジェンナはゆっくりと眠りから覚めた。まどろみながら考える。ここはどこだろう。ぬくぬくとしていて、とても気持ちがいいけれど。

目を開けた。大きな窓がふたつ。昇りはじめた太陽が、湖と空に柔らかな光を投げかけている。背に感じるのはドリューの温《ぬく》もり。肩に彼の腕がある。もう片方の腕はわたしの枕を抱くようにしている。

たくましい腕をジェンナは見つめた。目の前にあるから細かなところまでよく見える。どこもかしこもすてきだった。これが夢じゃないなんて信じられない。幻ではないだろうか。でも、この背中は確かにドリューの胸に触れている。

ベッドルームの床板も外の木々の緑も、朝陽《あさひ》を照り返して光り輝いていた。早朝の湖面は、巻きひげみたいな霧をさかんに立ちのぼらせている。すべてが静かで穏やか、そして美しかった。

脱ぎ散らかされた衣類が目に入った。サンダルの片方も。ドレスはくしゃくしゃで見るも無惨な状態だ。情欲という名の祭壇に捧《ささ》げられた生《い》け贄《にえ》。けれど後悔はない。何を犠牲にしてしまったとしても。

紛れもなくここにわたしはいる。一糸まとわず、ドリュー・マドックスのベッドの中に。一人住まいの独身男性宅、豪奢《ごうしゃ》な部屋で、一夜を過ごした。典型的な、誘惑された女の図そのものだ。

セックスに重きを置かないたぐいの人たちが世の中にはいる。昨夜、新しい自分を発見するまで、ジェンナは自分もそのうちの一人なのだと思っていた。セックスなんてどうでもいいと。それでなくても仕事が忙しいのだ。時間と力をどこに注ぐかは人それぞれ。結婚するのもいいだろう、子どもを産むのもいい。けれど歌に歌われるような情熱や執着や欲望は……ジェンナにはまったくぴんとこなかった。

とんでもなかった。頭をがつんとやられた気分だ。ロディの歌声が耳によみがえる。

〝何よりぼくが求めているのは　きみなんだよ〟

目に涙があふれた。

だめ、だめ、だめ。頭を冷やしなさい、ジェンナ。のめり込まないで。焦らないで。たいしたことじゃないんだから。きみは特別だとドリューが言ってくれたのは確かに嬉《うれ》しかった。彼の優しさと真心には甘えたいと思う。けれど、突っ走ってはいけない。目をしっかり見開いて、様子をうかがいながら、そろりそろりと足を運ばなければ。

ジェンナはデジタル時計を見やった。コンタクトを入れたまま寝たせいで目が痛む。今日は、ベヴたちブリッカー財団のメンバーと早めのランチをとる約束をしている。ぐずぐずしている暇はない。一晩ほったらかしにされたスマッジはさぞかし怒っているだろう。当分は冷たくされるかもしれない。

ジェンナはドリューを起こさないよう、そっと彼の腕から逃れてベッドを出た。目につく衣類をかき集める。バスルームに入ると床はびしょ濡《ぬ》れで、ここにもタオルが投げ捨てられている。夜中にジェンナはシャワーを浴びようとしたのだが、そこへドリューが入ってきて、エロティックな幕間劇《まくあいげき》が始まったのだった。そのときの様子を思い返すと、顔が熱くなった。

首から下にざっとお湯を浴びて水気を拭き、できるかぎりの身じまいをした。ストッキングはベッドの中で行方不明になり、ヘアピンは玄関ホールのあちこちに散らばっていた。ブラジャーは見つからないので、じかにドレスを着た。朝のこんな時間に、皺《しわ》だらけのイブニングドレスを着て階段を駆け上がる姿を、アパートメントの大家さんやほかの入居者に目撃されないことを祈るしかない。

そういえば、人生初の朝帰りだ。ずいぶん遅いデビューだけれど、経験せずに人生を終えるよりはましかもしれない。

メイクは惨憺《さんたん》たる有様になっていた。バスルームの棚にあったローションを借り、拭き取れるだけは拭き取ったものの、熱に浮かされたように頬が上気しているのは隠しようがなかった。

幸せの光をたたえた瞳が、異様なまでにきらめいているのも。

足音を忍ばせてバスルームを出ると、ドリューはまだぐっすり眠っていた。乱れたベッドで、腰まわりに布団をからませて。寝顔を見たくて近づいたジェンナは、背中の下あたりにある傷跡に気づいた。夜のあいだは暗くて見えなかったのだ。ぎざぎざした引きつれは銃弾がめり込んだ箇所だろう。手術跡らしき筋がそのまわりを囲んでいる。どんなにか痛かっただろうと思うとジェンナの胸も痛んだ。

帰宅するには車を呼ばなくてはならず、それにはスマートフォンが必要だった。バッグは玄関ホールのどこかに放りだしたままだろうから、はだしのまま静かにベッドルームを出た。

バッグはダイニングルームのテーブルにのっていた。散らばったヘアピンのうち、目についたものは拾ってバッグにしまった。この家の住所がわからないと車は呼べないので、あたりをざっと探ってみると、宛名のラベルがついた建築雑誌が見つかった。電話をかけ終え、靴を取りに戻ろうとしたとき、ドリューの声が聞こえた。

「ジェンナ？　いるのか？」

「ここよ」大きな声を返した。「帰る支度をしているの」

ドリューはベッドの上に起き上がり、頭の後ろで手を組んでヘッドボードにもたれていた。腰から下は布団に隠れている。

眼福を得られないのは残念だけれど、そのほうがよかったかもしれない。今朝は誘惑に負けている時間はないのだから。それなのに、そこにドリューがいるだけで、ふらふらと引き寄せられてしまいそうだった。

ジェンナがドレスを着ているのを見て、ドリューは驚いた顔になった。「帰るのかい？もう？」

「残念だけど、帰らないとならないの」ジェンナはサンダルを拾い上げると、それを履くために彼の隣に腰を下ろした。「予定が入ってるのよ」

「変更できないのか？　体調が悪いとかなんとか理由をつけて。裸のまま一日ベッドでごろごろして過ごそう。料理はさほどうまくはないが、ベーコンエッグとトーストぐらいならぼくにもなんとかなる」

魅力的な提案だった。小さなバックルはやっぱりなかなか留まらない。あきらめて、このままここにいたい気持ちがむくむくと膨らむのを、懸命に抑え込む。

「ごめんなさい。できることならそうしたいわ。本当に、残念でたまらない。だけど行かないと。今日の予定はどうしてもキャンセルできないの」

「だったら送るよ。着るものを取ってくれ」

「いいの、いいの」ジェンナは急いで言った。「もう車を呼んだから」

ドリューの顔に警戒の色が浮かんだ。「この前みたいに、逃げだすんじゃないだろうね？」

「まさか」最後のバックルが留まると、ジェンナは彼のほうへ体を傾けて長々とキスをした。「あなたから逃げたりなんて、そんなこと絶対にしない。昨夜は楽しかったわ。最高の夜だった」

「じゃあ、ランチを一緒にとろう。そっちの用が終わってから」

「そのランチが用事なの。ベヴがブリッカー財団のお友だちを紹介してくれるらしくて。中には昨日、ブラ丸だしであなたに抱きついてるわたしを目撃した人もいるかもしれない。だから、ちゃんと着替えてメイクも直してからじゃないと会えないでしょう。それに、一刻も早くコンタクトをはずして眼鏡にしたいし」

ドリューが嬉しそうに笑った。「眼鏡をかけたきみは最高にすてきだ」

ジェンナはもう一度キスをした。「ありがとう。あなたが眼鏡好きな人でよかった」

「夕食は？」ドリューはあきらめなかった。

ランチの約束をキャンセルしたい、してしまおうかと、ジェンナは迷いはじめていた。彼と一緒にいられる幸せに、頬が緩むのを止められない。

でも、こう答えた。「ええ……わかったわ、夕食なら大丈夫。あとでメールをちょうだい」

「了解」ドリューが腰の布団をめくり、そそり立つものをあらわにした。「では見納めに、ありのままのぼくを」

それをちらりと見て、ジェンナは唇を噛《か》んだ。「意地悪しないで、ドリュー」小さく笑いながら言った。

「こっちの台詞《せりふ》だ」

くすくす笑いをドリューの口がふさぎ、そのキスがジェンナに火をつけた。気がつくと上体をベッドに投げだし、足をぶらぶらさせたままドリューに抱きついていた。油断も隙もあったものではなかった。危うくドレスを脱ぎ捨て、彼にのしかかるところだった。

でも、踏みとどまった。息を喘《あえ》がせ顔を上気させて、ジェンナはまた自分に言い聞かせた。暴走しないで、冷静に、と。

「あなたは悪い人だわ」なじる声が揺らいだ。「あの手この手でわたしを誘惑しようとする」

「自分でもどうしようもないんだ。これがこんな状態のまま、まともに仕事ができると思うかい？」

ジェンナは肩をすくめた。「さあね、わたしは知らない。さっき着信音が鳴ってたわ。きっと車がもう待ってるのよ。お気の毒さま、その悩みは自分でなんとかしてちょうだい。まあ、今夜、食事しながら解決方法を二人で考えてもいいけれど。あなたがお行儀よくしていれば」

「ひどいな。鬼のジェンナだ。わかった、行儀よくするよ」

配車サービスのSUVが家の前にとまっていた。ずいぶん待ったらしく、運転手は渋い顔をしている。シートに座ると、ほとんど間を置かずスマートフォンが鳴りだした。メールの着信音だった。立てつづけに何通も送られてくる。

イブニングバッグからスマートフォンを引っ張りだすと、すべてドリューから送られてきたものだった。

〝もう会いたくてたまらない〟

〝夜まで待てない〟

〝昨日の夜に終わりが来るなんて。心の準備ができていなかった〟

引き返してくださいと運転手に頼みたいのを必死にこらえた。胸が痛くなるほど自分と葛藤した。傷つきたくなければ、笑いものになりたくなければ、こらえないといけない。絶対に。なんとしても。

〝わたしも〟と打ち込んだ。続いて絵文字の一覧が表示された。笑っている顔、キスしている顔、目がハートになっている顔、どきどきしているハート。どれを選ぶ？　果物や野菜もあるけれど……いいえ、待って。

忘れないで。抑えなければならない。毅然《きぜん》としていなければならない。愚かな女になってはならない。

結局、〝すてきな一夜だったわ〟とだけ送った。絵文字はなしで。

〝枕からきみの香りがするんだ〟彼はそう返してきた。

ああ、ドリューったら。ジェンナは画面をスクロールしてもう一度絵文字を表示させた。中から花一輪だけの絵文字を選び、送信する。抑えて、とにかく抑えて、と自分に言い聞かせながら。

シートにじっと座って待つあいだ、顔は火照り、心臓は高鳴った。サンダルの中で足先がむずむずする。恋わずらいをしている少女のように、返信を待った。ほどなくして、それは来た。

〝そっけなくてミステリアスなのは相変わらずだね〟

声をたてて笑うと、運転手がミラー越しに疑わしげな顔を向けてきた。

〝とんでもない〟と打ち込み、三つの炎の絵文字とキスマークを添えた。

少しして〝ありあまるエネルギーを発散させるために走ってくる。またあとでメールするよ〟と返ってきた。

ドリュー・マドックスが走るところを見てみたい。大きくてしなやかなあの体が、弾み、熱を発し、汗を流すところを。

ああ、見たい。

〝いいわね。がんばって〟と返信した。

まったく、まだエネルギーがありあまっているなんて。シャワーのときのを入れれば全部で五回。ほとんど寝ていないというのに。とはいえジェンナ自身も、なんだかじっとしていられない気分だった。できることなら路上で歌い踊りたい。けれどそんな自分を抑えているのだ、一生懸命。

アパートメントに着いた。大家さんにもほかの住人にも出くわさずにすんだのはよかったが、スマッジは案の定、不機嫌きわまりなかった。大急ぎで餌を与え、機嫌を取ろうとあれこれ試みたけれど、彼は飼い主には目もくれず、朝食を貪り食べた。

スマートフォンを充電コードに繋《つな》いでベッドルームへ行き、クローゼットからワインレッドのスーツを出した。生地はウールで、六〇年代風のスカートの丈は短め。これを着ると気分はオードリー・ヘップバーンだ。それからジェンナはシャワーを浴び、髪をきっちりシニヨンに結い上げようと試みた。けれど、やっぱりホウキグサをかぶったみたいになってしまうのはいつもどおり。一分の隙もない装いができる日なんて、永遠に来そうにない。

メイクを終えたとたん、メールの着信音が矢継ぎ早に鳴り響いたので、スマートフォンに飛びついた。ドリューからに決まっている。

そうではなかった。エヴァからだった。不在着信が二件と、何通ものメール。

〝??　どこにいるの?〟

〝わたしたち、ルビーズでコーヒー飲みながらブリッカー財団についておさらいするんだったよね?〟

〝どうしちゃったのよ、ジェンナ。こっちだって暇じゃないんだからね!〟

ああ、しまった。ブリッカー財団の人たちにアームズ・リーチをどうアピールするか、心づもりはしているけれど、エヴァの意見も聞かせてほしいとこちらから頼んだのだった。劇的な出来事が起きたせいで、その約束は頭からすっかり飛んでしまっていた。

ジェンナは急いで返事を打った。

〝遅くなってごめんなさい。今、向かってます。待ってて。本当にごめん〟

しかめ面の絵文字に続いてメールが来た。〝注文しといてあげる。本日のおすすめシナモンロール〟

出際にスマッジのお腹を撫《な》でてやったら、親指を噛まれた。いつもの甘噛みよりずいぶん強かったから、彼の言いたいことはよくわかった。ごめんねと心の中でつぶやいて、ジェンナは車のキーを手に取った。

幸い、駐車スペースはすぐ見つかった。顔を上気させ息せき切って〈ルビーズ〉へ駆け込むと、エヴァはいつもの席でノートパソコンをにらんでいた。鼻にのせた黒い眼鏡はなんの飾り気もないのに、なぜか彼女の美しさをいっそう引き立てている。ハニーブロンドの髪は自然のまま、黒いセーターの背中に下ろされている。ジェンナを見た彼女の眉が、くいっと上がった。

エヴァはカップを持ち上げた。「バニラ・ラテ、トリプルショット。なにしろわたしは友だち思いですから」

「ありがとう」ジェンナは腰を下ろし、一口飲んだ。温かい飲み物は確かにありがたかった。

「ブリッカー財団の話の前に、ちょっとほら、この数字を見て」きびきびした口調でエヴァが言った。「アームズ・リーチの今後のこと、昨夜アーネストとも話してたんだけど、すごいわよ。この調子でいくと前途は洋々」

「そのことなんだけれど……あなたたちには本当に感謝してるわ。ただね、しばらくのあいだPR活動は少しペースダウンしたいの」

「ペースダウン?」エヴァはぎょっとした顔になった。「ばか言わないで。アームズ・リーチへの注目度は急上昇してるのよ。検索すればトップに出てくるし、あらゆるところで話題になってる。昨日もあなた、格好のネタを提供してくれたじゃない。みんな今後の成り行きに興味津々なんだから。ここで足踏みするのは絶対にだめ!」

「問題はそこよ。物語で人を引きつけるのがあなたの仕事だというのはわかるわ。でも、わたしは違う。わたしは科学者なの。事実が大事。確かなデータが」

「もちろん、わかってるわ。でも、わたしがやってることだって、サービス・サイエンスっていう立派な科学なのよ。あ、そうだ。確かな事実といえば、今朝はあなた、いったいどこへ行ってたの?」

ジェンナはコーヒーにむせ、慌ててナプキンを口に当てた。「え？」

「あなたの家へ行ったのよ。早く起きたから。そしたらあなたは留守で、けど車はあった。だから仕事じゃないのはわかったわ。ねえ、どういうこと？」

本当のことを言おうとした。けれどなぜか言えなかった。ジョギングをしていたとかジムに行っていたとか、言いつくろえればよかったが嘘はつきたくない。顔がますます熱くなった。エヴァと目を合わせられない。

エヴァはわけがわからないといった様子で眉根を寄せ、シナモンロールにかじりついた。そして、動きを止めた。目を丸くしてジェンナを見つめている。

「まさか」呆気《あっけ》に取られたような声だった。「嘘でしょう」

ジェンナは熱い頬を手で押さえた。否定するのも変だと思った。昨夜、人前であそこまでの騒ぎを起こしてしまっているのだから。だから、笑い飛ばそうとした。

「そんなに驚くこと？　昨夜のあれ、見たでしょう？」

エヴァは口の中のものをのみ込もうとしたが、苦労しているのは傍目《はため》にも明らかだった。

「だけどあれは……ほら、その……あれでしょ」

「演技だったって？　考えてもみて、エヴァ。アームズ・リーチを検索結果の上位に来させるためだけに、わたしがあそこまですると思う？　あなたの伯父さんをはじめとするお偉方の前で、ストリップショーみたいなことを？」

「思わないわ」エヴァは硬い声で答えた。「つまり、あなたと兄さんは……本当にそういう関係になった……ってこと？」

信じられない、そして心配でたまらない。暗にエヴァはそう言っている。どちらの反応もジェンナには心外だった。「ありえないと思ってる？」

答えるまでもないというわけか、エヴァは問いを重ねた。「いったい、いつから？」

「最初から、そうなりそうな雰囲気はあった」ジェンナは正直に言った。「でも、昨夜初めて、本当に、その……」

「やったのね」

どちらもそれ以上言葉が出なかった。

エヴァの目に浮かぶ憂慮の色に、ジェンナはかっとなった。「そんな顔、しないでよ。これはそこまでまずい展開なの？」

エヴァは首を振った。「そういうことじゃないの。あなたはがんばってくれてる。それは間違いない。ただ……ただ……」エヴァは言いよどんだ。言葉に詰まるとは、まったく彼女らしくない。

胸を冷たくする気づきが下りてきた。心が痛くなるほどの恐怖も。浮き立っていた気持ちが急速にしぼんでいくようだった。

「わたしなんてすぐ飽きられるに決まってる、そう思っているのね」ジェンナは低い声で言った。「映画スターやモデルに、わたしなんかが敵《かな》うわけないって」

その言葉を払いのけようとするみたいにエヴァは手を振った。「そんなことは思ってない」苛立《いらだ》たしげに言う。「あんなのみんな、頭は空っぽ。だけど見た目は悪くないし、目の前にいるし、まあいいかっていう程度の理由でつき合ってたのよ、兄さんは。そもそも、誰かを本気で好きになるというリスクを絶対に冒したくない人だから。だから、まさか兄さんが……」

「やっぱりあなたは、彼とわたしのカップルなんてありえないと思ってるのね。うまく演技すれば伯父さんやマドックス・ヒルのお偉いさんたちは騙《だま》せるだろう、でも現実にはありえない、って」

「お願いだから、落ち着いて」エヴァはなだめる口調になった。「兄さんにこの作戦を提案したとき、わたしの頭にはまったくなかったのよ。あなたに――」

「こんなわたしに、お兄さんが本当に興味を持つなんて」ジェンナはエヴァを遮り、代わりに言った。

「勝手に話を作らないで」エヴァが声を尖《とが》らせた。「あなたにつらい思いをさせることになるかもしれないとは、まったく考えていなかったって言おうとしたの。あなたはもうじゅうぶん傷ついてきたのに。そこに思いが至らなかった。これからどうなるのか……心配で」

なるほど、そういうことか。これからどうなるのか心配でたまらないのは、わたしだって同じだ。

ジェンナは憤然と立ち上がり、コーヒーカップをつかんだ。「自信を持たせてくれてどうもありがとう。失礼するわ、今日は忙しくて。じゃあね」

「明日の朝の予定、忘れないで。兄さんと一緒にインタビューを受ける――」

「受けないわ。キャンセルをお願い。ほかのもすべて、キャンセルして。わたしの体調不良でもなんでもいいから、理由は好きにでっち上げて。これ以上、PR活動はできない。フィアンセごっこも無理。パパラッチに追いかけられるのはもうたくさん。あなたの奮闘には感謝してるし、あなたの才能はほんとにすばらしいものだと思ってるわ。だけど支払わないとならない代償が高すぎる。本日をもって、婚約偽装プロジェクトに終止符を打たせてもらいます」

「ねえ、ジェンナ」エヴァのその声色が、立ち去ろうとしていたジェンナの足を止めさせた。

彼女のこんな声は初めて聞いた。おそろしく真剣な声。激しい感情を無理やり封じ込めた声。

「何？」ジェンナはそっけなく言った。

「お願いだから、用心して」

ますます情けない気分になった。この数週間、わたしなんかにドリューが本気になるわけがないと、自分で自分を納得させてきた。なのにこうして、エヴァも同じように考えているとわかったとたん、不機嫌になり腹を立てている。

こんな反応の仕方はおかしい。理屈に合わないと自分でも思う。

ジェンナは足早に車へ戻った。乗り込むときメールの着信音が鳴った。さらにもう一度。二通ともドリューからだった。鶏肉《とりにく》越しに飼い主をにらむスマッジの写真を送った、その返事だった。

〝きみの猫の毛色はぼくの家のカラーコンセプトにぴったりだ。このリビングルームにいたら引き立つだろうな〟

〝いや、猫のほうがリビングルームを引き立ててくれるんだ〟

ああ、ドリュー。ジェンナの目に涙があふれた。

ありとあらゆる感情もあふれでた。水門が開いたかのようだった。猫の写真に対するドリューの何気ない感想が、大それた夢をジェンナの脳裏に描かせた。彼の家のキッチンでスマッジに餌を与える、彼のソファでスマッジが丸くなる――そんな夢を。

こんなことをドリューに言われて、いったいどうやって用心しろというの？

18

アブダビ・プロジェクトにおける技術的課題を話し合う会議は、予定時刻を一時間過ぎても終わらなかった。

それでも、苛立《いらだ》ちも何も感じないほどドリューは上機嫌だった。どうやら会社を辞める必要はなくなりそうな流れになってきたし、すべてが好ましい方向へ向かっているように思えるのだった。ジェンナとのことも含めて。

昨夜彼女と過ごして以来、ドリューはずっと高揚感に包まれていた。会議中にスマートフォンを見ることは決してしないが、ポケットでそれが震えるたび、ああ、ジェンナからのメールだと思う。どれだけハロルドに胡散臭《うさんくさ》そうな視線を向けられようが、胸の高鳴りはやむことがなかった。

いとこの悪意ある敵対心には、いつか対処しなければならないときが来るだろう。しかし今日は、そんなものに煩わされたくなかった。もっとほかに、考えるべきことがあるのだ。たとえばジェンナからのメールとか。

　これまでの自分だったら、仕事中に交際相手からメールが入ると、苛ついたり憂鬱になったりしたものだった。公私は厳密に分けたい主義なのと、集中を削《そ》がれるのがいやだったからだ。

　しかしもちろん、ジェンナからのメールに苛立つなど、ありえなかった。頭の中にはジェンナにまつわる物事しかないのだから。

　会議室から出るときドリューの手には早くもスマートフォンが握られていたが、その一方で、ハロルドを含む部下たちへのてきぱきとした指示出しは続いていた。

「話を進める前にミカエラとロリスに経費の詳細を報告するのを忘れるな」

「はいはい、わかってますよ」ハロルドが茶化すように言った。「今日のきみは絶好調って感じだな」

　ドリューは目を細めていとこを見た。「悪いか？」

「昨夜の様子からして、今日はひどい二日酔いに苦しんでるに違いないと思っていたんだが」

「昨夜は飲んでいない」

　ハロルドは鼻で笑った。「きみがそう言うんならそうなんだろう。ああそうか、ジェンナ・サマーズとベッドで組んずほぐれつってのが健康にいいのかもしれないな。まあ、きみの気持ちもわからないでもないよ。彼女はずいぶんと色っぽい」

ドリューは深く呼吸をしてから言った。「二度と彼女の名前を口にするんじゃない。そして彼女に近づくな。さもないと厄介なことになるぞ」

「へえ。そう取るなら、元海兵隊員さんに、こっちはそれでもかまわない」ドリューは答えた。

「そこまでよ、二人とも」後ろでエヴァが歯切れよく言った。「ハロルド、あなたがCEOとどんな重大な話し合いをしたいのか知らないけど、とりあえず棚上げにしてちょうだい。こっちに緊急の案件が生じたの」

ハロルドは、ふんと鼻を鳴らすと靴音高く歩き去った。

ドリューが妹のほうへ振り向いた。「ありがとう。追い払ってくれて助かった。勤務中にあいつの顎を砕いたとなったら伯父貴がまた騒ぎ立てるだろうから」

「感謝するのはまだ早いわ」エヴァは冷ややかに言った。「わたしの話を最後まで聞いたら、ありがとうと言ったのを取り消したくなるんじゃないかしら」

ドリューは身がまえた。「なぜだ？　ぼくが何かしたか？」

「兄さんのオフィスで話しましょう」

なんの話か、見当はついた。大股にオフィスへ向かうと後ろからエヴァがついてくる。ドアを開けて押さえ、妹を通した。

背後でドアが閉まるとドリューは気を引き締め、振り返った。「よし、聞かせてもらおうじゃないか」

「兄さん、いったい何を考えてるのよ？」エヴァはいきなり声を荒らげた。

ドリューはため息をついた。「それじゃわからない。はじめからちゃんと説明してくれないと」

「とぼけないで！」エヴァはすでに激高している。「わたし、思ってもみなかったわ。兄さんがジェンナを誘惑するなんて！　無責任なことしないでよ！」

ドリューは乾いた笑い声をたてた。「そいつは心外だな。おまえが彼女をぼくに差しだしたんじゃないか」

「そんなふうに思ってたの？　勝手に楽しむ許可をわたしが兄さんに与えたって？」

「勝手に楽しむ？」ドリューの声も高くなる。「その言い方はないだろう、エヴァ。彼女は大人だ！」

「ジェンナは兄さんのタイプじゃないわよね？　だって、リディアとは似ても似つかないでしょう？」

「リディアはぼくのタイプじゃない」ドリューは怒鳴った。

「リディアのほうはそうは思ってないんじゃないかしら。彼女が勘違いしたとしても責められないわ。わたし、兄さんはわかってるものと思ってた。兄さんをピンチから救うため、ジェンナの会社の知名度を上げるため、そのための婚約偽装作戦だったのに。なのに兄さんは彼女に手を出した――わたしのいちばん大事な友だちに。なんてことをしてくれたのよ?」

食いしばった歯のあいだからドリューは言った。「堪忍袋の緒が切れそうだ」

「そう? じゃあ、わたしと同じね」エヴァの声は低く、迫力があった。「わたしはジェンナのことが大好きなの。彼女はわたしにとって、すごくすごく大事な友だちなの。わかる? 彼女はね、いつもいつも自分のことは二の次。困っている人を助けたいって。彼女ほど強い信念を持つ人をわたしはほかに知らない。だからジェンナは兄さんの玩具《おもちゃ》じゃない。彼女で遊ばないで!」

「なぜ、ぼくが遊んでいると思うんだ?」

妹は耳障りな声で笑った。「さあ、なぜかしら」皮肉たっぷりな口調だった。「これまでの実績からかな? あなたは飽きっぽいでしょう、お兄さま。わたしだけじゃない、世界中の人が知ってることよね。どれだけの美女を泣かせ、怒らせてきたことか。もしも同じことをわたしの大事なジェンナにしてくれたら、わたしは兄さんの首をへし折るから、そのつもりでいて」

「飽きっぽいわけじゃない。選び方を間違えていただけだ」

「真面目に言ってるの？」信じられないといったふうにエヴァは首を振った。「今頃気づいたわけ？　三十四にもなって、やっと？　恋人を選ぶときにはきれいな顔とグラマラスな体以外の要素も考慮すべきかもしれないって？　すごいじゃない、兄さん！　ドカーン！って、天啓が降りてきた？　おめでとう！　ずいぶん遅かったけど、一生気づかずに終わるよりはましだわ」

ドリューは妹に背を向けると、窓の外をじっと眺めた。「おかしいじゃないか。おまえはジェンナを絶賛する。だったらぼくが彼女の美点に気づいてもおかしくない。なぜ、最初にそう思わなかった？」

エヴァは苛立たしげに鼻を鳴らした。「さあね。深く考えなかったわ。兄さんとジェンナがカップルになるなんて、想像もしなかった。だって、兄さんに……」エヴァは言いよどんだ。

ドリューは振り向き、妹をまっすぐに見た。「ぼくに彼女はもったいない、おまえはそう思っていた」

エヴァは唇を噛《か》んだ。怒りで紅潮していた頬はいつもの色に戻っている。「ううん。そうは思ってない」

それを鵜呑《うの》みにするには、否定までの間が長すぎた。

重苦しい沈黙に支配されたまま、どちらも相手から目をそらせずにいた。

ようやくエヴァが口を開いた。「お願いよ、兄さん。ジェンナを惑わせるのはやめて。わかった？　わたしのせいで彼女が傷つくようなことになったら、わたし、もう立ち直れないから」

ドリューはドアの前へ行った。「出てってくれ」そう言ってドアを開けた。

外に集まっていた社員たちがさっと向きを変え、何食わぬ顔で散っていった。

くそっ。特別仕様の防音扉さえ役に立たないほどのわめき声を自分たちは出していたのか？

足を踏み鳴らしてエヴァが出ていく。つんと顎を上げ、唇を引き結んで。

ドリューはドアを閉め、そこにもたれかかった。胸が痛かった。

ぼくはジェンナにもそんな見方をされているのだろうか。不実で無責任、セックスのほかはなんの取り柄もない男、と。伯父の言うように、ソファによじ登った犬だと。彼女は盾をかざし、心を完全武装して、ただセックスを楽しんでいるだけなんだろうか。

とてもそんなふうには感じられなかったが、仮にそうだったとしても、自分には当然の報いなのか。

妹が、そして世間が、どう思おうが知ったことじゃない。この心は決まっている。ジェンナにふさわしい男になってみせる。生まれ変わったドリュー・マドックスをジェンナに見せるのだ。たとえ何年かかろうとも。たとえ一生かかろうとも。

一人の女性と生涯をともにしようとする男の気持ちを、そのときドリューは生まれて初めて理解した。

頭の中でロディの歌声が流れだした。ワイルドサイドで交わしたキス。魂と魂が溶け合うかのような至福の感覚。ロディの歌詞と一緒に、それらはドリューの胸に鮮明に刻み込まれていた。

ぼくがずっと探していたのはジェンナだったんだ。ぼくにはジェンナしかいない。もう迷いはない。

あとはジェンナにわかってもらうだけだ。こちらが本気だということを。

「ほらほら、お仕事の話はそのぐらいにして、ジェンナ。少しおしゃべりしましょうよ。わたしたちみんな、あなたたちの結婚式をそれは楽しみにしているの！」ヘレン・サンダいる。

ーソンがそう言った。「詳しく聞かせてちょうだいな」

ジェンナは、テーブルを囲む年かさの婦人たちの顔を見まわした。ベヴとともにブリッカー財団で慈善活動をしている彼女たちはみな、興味津々といった様子でにこにこ笑っている。

「それが、まだ具体的なプランは何も決まっていなくて」そうやって言い逃れるしかなかった。

「だったら、わたしたちが力になれるのじゃないかしら」ジェイン・ブライスバイテが意気込む。「そういうのはね、経験がものを言うの。わたしたちみんな、それぞれの子どもの結婚式を手伝ってきたのよ」

「あのドリュー・マドックスがついに身を固めると聞いたときには、ずいぶん驚いたけれど」マーゴット・クリストフが感慨深げに言う。「だってほら、あの子は本当に小さな頃からハンサムで、モテモテだったでしょう。そういうタイプの彼が最後には目を覚まして、自分にふさわしい相手を選んだ。これは実に喜ばしいことだわ」

「ヘンドリックも若い頃は彼みたいだったのよ」ベヴが昔を懐かしむ口調で言った。

婦人たちがくすくすと笑った。

「でも誰と結婚すれば幸せになれるか、ご主人は早々と見極めたというわけね」ヘレンが調子を合わせる。

「そのとおり」ベヴがうなずく。「だからきっとあなたも幸せになれるわ、ハニー」

ジェンナは無理やり笑みを浮かべた。「はい、きっとなります」

「あなた、ドリューの礼装姿はご覧になった？」グウェン・ホイットがそう訊《き》きながら、自分の顔をぱたぱた扇《あお》ぐしぐさをした。「それはもう、それはもう」

「はい、写真では。生で見てみたいです。きっとすてきでしょうね」

「宅の主人は空軍にいたんですけれどね」グウェンはさらに言った。「その軍服姿にわたくし、ぐっときてしまって。軍服に身を包んだ殿方に弱いんですの」

「そうそう、衣裳《いしょう》といえば」ジェインが弾む声で横から言った。「ウェクスラー賞の授賞式が近いけれど、ドレスは準備した？　スピーチの原稿はもう書いたの？」

「そんな、まだいただけると決まったわけじゃありませんから。有力候補はほかにもたくさん。どのプロジェクトもすばらしくて」

「それはそうかもしれないけれど、あなたが獲《と》るに決まっているわ。賭けてもよくてよ」ベヴが力を込めて言った。「いろいろな状況を考え合わせれば、誰だってあなたに賭けるでしょう。マドックス・ヒルがアームズ・リーチとの事業提携に興味を示していて、ブリッカー財団の後援もある。しかもあなたは時の人！　どちらを向いてもあなたとドリューの写真ばっかり。アームズ・リーチの名前を聞かない日はない。ジェンナ・サマーズの名前もね！」

エヴァに申し訳ないことをしたとジェンナはあらためて思った。カフェであんなに怒ったりして。

「エヴァががんばってくれたおかげです。天才的なPRプランナーなんです、彼女」

「そうね」ベヴがうなずいた。「あの子は本当にエネルギッシュだわ。でもね、それもこれも、あなたのがんばりがあってこそよ。そこにエヴァが光を当てて、みんなによく見えるようにしてくれたんだわ」

「ありがとうございます」ジェンナの顔が熱くなった。

ヘレンが腕を伸ばしてきてジェンナの手を握った。「それで、お式の日取りはまだ決まっていないの？」

「まだなんです。二人で相談はしているんですが、なかなか決められなくて」

「地元でやるなら、五月から九月までをおすすめするわ」ゲイルが言った。「屋内なら季節にとらわれることはないけれどね」

「主人の弟がね、リゾート施設を経営しているの」そう言ったのはマーゴットだった。

「パラダイス・ポイントと呼ばれている小さな岬にあるんだけれど、それはもう、息をのむような絶景。切り立つ崖、打ち寄せる波、咲き乱れる野の花。そして施設そのものがまたすばらしいのよ。ホテルはドリューが設計したの、ご存じよね？」

「いいえ、ごめんなさい。知りませんでした」

「見せてあげるわ」マーゴットはスマートフォンを手にするとテーブルに身を乗りだした。「姪《めい》のブルックが去年パラダイス・ポイントで結婚式を挙げたの。あんなにすてきなホテルはそうそうあるものじゃないわ。だってあなた、信じられる？　お式のあいだずっと雨が降っていて外へ出られなかったんだけれど、なぜか屋内に閉じ込められた感じが全然しないのよ。さすがはドリューが設計しただけのことはあると思ったわ」

「わかります」ジェンナは言った。「彼の自宅もそんなふうです。ドリューは人の心を癒す建物を設計しますよね」

満足そうに微笑《ほほえ》んで目配せし合う婦人たちにジェンナは気づかないふりをして、マーゴットのスマートフォンの写真を順番に見ていった。

「微笑ましいでしょう？」ベヴが仲間に小声で言っている。「ドリューも彼女の仕事を褒めるのよ。お互いを尊敬し合っているのね。すてきなことだわ」

「来年の夏なんかはどう？」ジェインが話を元に戻した。「それともやっぱり、春のお花があったほうがいいかしら」

「ああ、これこれ。よかった、やっと出てきたわ」マーゴットがスマートフォンを手に取った。「わたしのいちばん好きな写真。これがブルックと新郎のマティアスね。ちょうどこのとき雨がやんで陽《ひ》が差してきたの。まるで二人が虹に縁取られているみたいでしょう？　貴重なシャッターチャンスが見事にとらえられていると思わない？」

ジェンナはその写真に見入った。雨上がりの庭らしい。泥で汚れたドレスの裾を持ち、夫になったばかりの人をうっとりと見上げるブロンドの花嫁。黒髪でがっしりした体格の花婿も、嬉《うれ》しくてたまらないといった様子だ。雲間から差す陽光がまわりの花々を輝かせている。

そして、その新婚カップルの頭上で虹が弧を描いているのだ。夢のような光景だった。

二人とも、なんて幸せそうなんだろう。

涙が込み上げたのはあまりにも突然のことだったから、こらえる暇もなかった。ジェンナは慌ててティッシュを出そうとしたが、それより早くマーゴットが自分のを手渡してくれた。みんながうろたえたようなつぶやきを口にしながら寄ってきた。

ベヴがジェンナの手を取る。「ああ、ジェンナ、どうしたの？　大丈夫？」

「ええ、ごめんなさい。写真がどれもあんまりすてきなものだから……それにこの頃わたし、なんだかちょっと変なんです。すぐ感情が高ぶってしまって……。でも、もう大丈夫です」

ベヴは両手でジェンナの手を包んだ。「本当?」

ジェンナは目の下をティッシュで拭った。「はい、本当に。わたし、結婚式のことを誰かとこんなふうに話すのは初めてで。それでブルックたちの写真を見ているうちに——現実味がどんどん増してきて。とても幸せなんですけど、どこかに不安もあるんでしょうね。ご心配おかけしてすみませんでした」

「謝らなくていいのよ」マーゴットが優しく言った。「わたしだって、その写真を見ると泣けてくるもの。結婚して四十二年もたつのによ。あなたたちの結婚が嬉しいからって、わたしたち、はしゃぎすぎたわね。こちらこそ、ごめんなさい」

「結婚というものの重さは、わたしたちみんなが重々承知しているわ」ベヴが言った。「誰かを愛すること、その人と一緒になること。言ってみれば、それは賭けですもの。うまくいくよう、一生懸命神さまに祈らなければね」

ジェインがジェンナの肩を強く押さえた。「わたしたちもついてるわ。あなたはすてきな娘さんだもの、応援したくなっちゃう」

居並ぶ優しい顔を見まわすうちに、また視界が涙で曇りはじめた。この人たちとの絆《きずな》が本物になったらどんなにいいだろう。この人たちの善意を、本当に受ける資格が持てたら。でも、まだ自分でもわかっていないのだ。ドリューとこれからどうしたいのか、どうなりたいのか。結婚式の日取りや会場の話なんて、あまりに現実離れしている。まだまだ早すぎる。

期待と性急さ——それは惨劇を生むレシピだった。

19

「お願いドリュー、後ろのホックを留めてもらえる？」

　シャツのボタンを留め終えたドリューはジェンナの背後へ回った。最近になって置かれた大きな姿見の前に、彼女は立っている。これまでベッドルームに鏡が必要だと感じたことは一度もなかったが、今はこの家にはジェンナがいる。仕事用の服に着替え、化粧をし、髪を整えるジェンナが。彼女のような美しい女性が身なりを整えるのに姿見は必須だ。

　ジェンナのイブニングドレス姿にドリューはしばし見とれた。艶やかなタフタ地の色はミッドナイトブルー。肩紐《かたひも》のないビスチェタイプのデザインが、優美な曲線とウエストの細さを際立たせている。そのウエストから下は大きく膨らみ、わずかな動きにも妙《たえ》なる衣《きぬ》擦《ず》れをたてるのだった。

　身頃の背中が開いており、しなやかな背骨と、肩甲骨が作るほのかな影が覗《のぞ》いている。肩の向こうに視線を移せば魅惑の谷間が目に入る。たちまちドリューの血が熱くなった。

予想していたことではあったけれども。

ジェンナの腰に両手をあてがい、それを上へと滑らせて胸を包むと、彼女が振り向いた。

「なんてすてきなんだ」高まる欲望に声がかすれる。

誘うようにジェンナが長い睫《まつげ》を瞬《しばたた》かせた。「だけど、遅刻はできないわ。今はだめだから」

そう言いながら、ジェンナは息を喘《あえ》がせている。ドリューが彼女をその気にさせることに成功した、いつもの証《あかし》だ。

「待たせておけばいい」ドリューはうなじに唇を押し当てた。身をくねらせるその姿態がまた艶《なま》めかしい。

「だめってば」彼女は囁《ささや》いた。「汗をかいちゃうし、メイクだって最初からやり直さないといけなくなる」

「そうする甲斐《かい》はあるよ」

「今はだめ。あとで……必ず、ね」

ドリューはしぶしぶ折れたが、小さなホックをすべて留め終えるまで、たっぷりと時間をかけた。花びらのように滑らかで温かな肌に、少しでも長く触れていたかった。細部に至るまで、ジェンナのすべてが愛《いと》おしい。背骨のカーブも、きれいな姿勢も、肩甲骨の形も。

ここ数週間の自分の暮らしをドリューは気に入っていた。あまりに心地よくて怖いぐらいだ。

オフィスで兄と衝突したあと、エヴァはPR活動の過酷なスケジュールを見直した。おかげで二人一緒に過ごせる時間が増えたが、会えば別れがたくなり、ジェンナを帰らせるのをいつも渋った。そうするうちに徐々に彼女の生活拠点はこちらへ移り――ついには猫まで移ってきた。

スマッジにはまだ胡散臭《うさんくさ》いやつと見なされている。こちらの優位を知らしめようとドリューは奮闘中だ。しかしそんなことぐらいで、ジェンナと暮らす喜びが損なわれるわけはなかった。

「待って、最後の仕上げをしなきゃ」ジェンナはつぶやくと、胸のカップの位置を調整した。見事に張りつめた乳房がカップからこぼれんばかりになり、ドリューは落ち着かない気分に襲われた。

「それもぼくがやってあげたのに」

「そうしたら結局、式に遅刻しちゃうわ。あなたの魂胆はわかってるのよ」口調は厳しいが目は笑っている。

「今夜のきみは最高にきれいだ」

それは紛れもない真実だった。ドリューは視線をジェンナから引き剥がすことができずにいた。まるで内側から光が当たっているかのように深い青が肌を輝かせ、非の打ちどころのないスタイルを余すところなく見せつけている。華奢《きゃしゃ》な踵《かかと》のハイヒールは青いサテン地で、アンクルストラップがまばゆくきらめいている。ドリューは彼女に触れたくてたまらなかった。

「今日はどの眼鏡？　青いフレームの？」

「コンタクトよ。特別な日ですもの。ウェクスラー賞の授賞式に仕事用の眼鏡はないでしょう」

「きみの眼鏡はぼくを欲情させるんだ」

「それは違うわね。あなたはほとんどいつもそういう状態でしょう？　眼鏡は、たまたまかけていただけ。別に文句を言ってるわけじゃないの。あなたが常に準備ＯＫでいてくれるのは嬉《うれ》しいわ」

「いついかなるときもＯＫだ」ドリューは力強く言った。「それにしても本当によく似合うよ、そのドレス」

「そうじゃなきゃ困る。あんなに高かったんですもの」小粒ダイヤの揺れるピアスをつけながら、ジェンナは複雑な笑みを浮かべた。「やっぱり無駄遣いさせてしまったんじゃないかしら。手持ちのドレスでよかったのに」

「どうしてもこのドレスを買ってあげたかったんだ。もうひとつの贈り物ととても合うと思ったから」

ジェンナの目に警戒の色が宿った。「ドリュー。わたしたち、そういうことについて話し合ったわよね？　覚えてる？」

「もちろん覚えてるよ。きみは富豪の愛人みたいな暮らし方はしない。ぼくたちは、ともに過ごす時間を楽しむ対等な二人である。心理戦も権力闘争もなし。高価なプレゼントは禁止。ルールはきっちり守ること」

「よくできました」ジェンナは用心深い調子で言った。「だったら……もうひとつの贈り物って？」

「これだよ」ドリューはポケットから取りだしたものをジェンナの前に掲げた。

ネックレスだった。ペンダントトップはティアドロップ型のブルーサファイア。小ぶりのダイヤモンドがそれを囲んでいる。当ててみると、ジェンナの首のくぼみにぴったりと添う。ドリューは、繊細なホワイトゴールドチェーンの留め金を留めた。

ジェンナは息をのんだ。「ドリュー……これは受け取れないわ」

「二週間ほど前に見つけたんだ。あの指輪にぴったりだと思った。ブルーのドレスを推したのはそのためだよ。どのドレスもみんな似合っていたけどね」

「でも……ルール違反よ」ジェンナはそっとペンダントに触れた。

「ルールに縛られないことも、ときには大事。この珠玉の知恵を授けてくれたのはマイケル・ウーだ。おかげで、つたないぼくもついにレベル8まで行けた。リスクを恐れず、もっと大胆にならなきゃだめだとマイケルにアドバイスされたよ。さもないと、永遠に今いるところから抜けだせないよ、ってね」

ジェンナは目を大きく瞠《みは》り、鏡に映る自分を見つめている。「ずるいわ。テレビゲームの戦略を使ってわたしを言いくるめるなんて。マイケルがわたしの弱点なのを知ってるでしょう」

「きみの弱点をつつくのが好きなんだ」ドリューは彼女の耳もとで囁いた。「使える戦略はなんだって使うさ。でも今のぼくにはマイケルの理論がしっくりくる。ぼくたち、そろそろだと思うから」

ジェンナが振り向いてドリューを見上げた。「そろそろって？」

「そろそろ、次のステージに移ってもいい頃だ」

二人は黙って見つめ合った。あたりの空気が低く唸《うな》っているかのようだった。それぞれの感情と、果てしない可能性をはらんで。

ドリューがジェンナの手を取り、唇をつけた。キスを繰り返していると、やがて場のエネルギーがかすかに揺らいだ。微風に草がそよいだかのようなこの感覚。互いの波長がぴたりと一致した、いつものしるしだ。ドリューは心底嬉しかった。

ジェンナが目を伏せた。「大事な式典に遅れそうなときに話すことじゃないわ。とりあえず、そうね、一時停止のボタンを押しましょう。続きは、あとで」

ドリューは詰めていた息を吐いた。少なくとも、すぐさま否定はされなかった。しかし、どうしてももっと確かなよりどころが欲しい。言質を取りたい。

「だけどネックレスはつけてくれるよね？」しおらしく言ってみる。

ジェンナはサファイアをいじりながら目をすがめてドリューを見た。「卑劣な手だわ」

「いつものことだ」

「もう。今回だけよ」ジェンナは敗北を認めた。「イブニングバッグを捜さなきゃ。アトリエに置きっぱなしだったかも」

翻るスカートがドリューの脚をかすめたかと思うと、ジェンナはあっという間に姿を消した。

残されたドリューは密《ひそ》かに快哉《かいさい》を叫んだ。自身が買って贈ったジュエリーをジェンナが身につける、これは画期的なことだった。金銭がらみの些細《ささい》なことにまで神経を尖《とが》らせ、わたしは富豪の愛人じゃない、と何かにつけて口にする彼女なのだから。

さてタキシードはどこに置いたのだったか。見まわすと、ベッドの上にあった。さらにその上にスマッジがのっている。丸くなって喉をゴロゴロ鳴らしている。

ドリューが近寄ると、スマッジはくるりと仰向けになり優雅に伸びをした。腹を見せたまま、あちらへごろり、こちらへごろりと転がって、まんべんなくタキシードに毛をなすりつける。そうしてふたたび身を反転させ、光沢のある襟に爪を立て、揉《も》みはじめる。さあ、どうするとでも言いたげに、金色の目はドリューをじっと見つめている。

ドリューはため息をついた。「タキシードを返してもらえるかな、スマッジくん」

猫を抱え上げて床に下ろした。スマッジはフーと唸ると、次なる策略を練ろうというのか、すたすたとどこかへ去った。

タキシードは温まり、くしゃくしゃで毛だらけだった。コロコロの出番だ。今や必需品となったそれは、すぐ手に取れるようクローゼットの扉にかけてある。ドリューはそれを取ってきて、タキシードについた猫の毛を丁寧に取り除いた。

うん、新たなステージに入ったのは確かだと思われる。

式典が始まってからもジェンナの頭はぼんやりしたままだった。自動操縦装置が働いてくれたらしく、数えきれない数の人々としゃべったり挨拶を交わしたりしたはずなのに、自分が誰に何を言ったのか、まるで覚えていないのだった。ただただ、ずっとネックレスに触れていた。嬉しさのあまり踊りだしたくなるのをこらえながら。

　次のステージ？　具体的な意味は？　考えられる答えはひとつしかないけれど、それで合っているのだろうか？　ドリューの意図を誤解しているのでは？　わたしの早合点かもしれない。なにしろ、こんなにも彼のことを愛してしまっているから。

　ドリューと暮らす毎日はこのうえなく幸せで楽しい。毎晩、ジェンナはドリューの家で眠る。週末の朝は、コーヒーを飲んでセックスをしてブランチをとって、またセックスをする。夜になればドリューと一緒に食事を作り、ソファで、あるいは湖に張りだしたテラスで抱き合い、カシミアのブランケットにくるまってブランデーをすすり、クッションの上で脚をからませる。ジェンナが週末にも彼の家で仕事ができるよう、新たにアトリエがつくられた。スマッジのためにドリューはキッチンに猫扉をつけた。ジェンナのためにとてつもなく大きなクローゼットを増設した。そこがいっぱいになるほどの衣裳《いしょう》をジェンナは持っていないのに。

　けれどドリューは着々とそのクローゼットを埋めつつある。たとえば、このドレス。すばらしくきれいなドレスだけれど、こんなに高価なものを買ってもらっては、本当に富豪の愛人のようだ。最初から、それだけはやめてと言ってあったのに。なのに今度はサファイアのネックレスなんて。

ドリューはどんどん大胆になっていく。

もしかして次のステージでは、もっともっと彼のお金を使ってこの身を飾ることを要求されるのだろうか。

今から思い悩んでも詮ないことではあるけれど。

そんなことを考えているところへ、ベヴたちブリッカー財団の面々が打ち揃《そろ》ってやってきた。紹介したい人がいるからと、ジェンナをドリューから引き離す。そうしてジェンナは、地雷被害者に対する支援活動への協力について、熱い議論に巻き込まれた。それが終わったあと、会場内をぶらぶら歩いてドリューを捜した。どんなに混雑していても彼はたいていすぐに見つかる。彼ほど背が高い人はめったにいないから。彼ほどタキシード姿がすてきな人も。

「ジェンナ」背後で聞き覚えのある声がした。

ぎょっとして振り向いた。タキシードを着込んだルパートがそこにいた。

「どうしてあなたがここにいるの?」ジェンナは強い口調で言った。

「歓迎されてない感じだなあ」ルパートは傷ついたような声を出した。

歓迎されるとでも思っていたの？　図々《ずうずう》しいにもほどがある。辛辣な言葉を返したかったが、それでもこらえた。見世物になるのはもうたくさんだ。

「どうしてここにいるの、ルパート？」同じことをもう一度訊《き》いた。

「招待されたからに決まってるだろ」ルパートはむっとして答えた。「このプロジェクトにぼくも関わっていたこと、忘れたわけじゃないだろうね。招待状はチームの全員に送られてきたんだ」

ルパートはシャンパンの残りを一気に飲み干した。空になったグラスを、通りかかったウェイターのトレイに叩《たた》きつけるように置く。のっていたグラス全部がぐらつくほどの力だった。ウェイターの驚異的な技によってなんとか落下は食い止められたが、ルパートは気づいてもいない。

「みんなに招待状が行ったのは知ってるわ。でも、あなたは来ないと思っていた。バリにいるんじゃなかったの？　ケイリーは？　彼女は来ていないの？」

ルパートの顔がこわばった。「ああ、うん、来ていない。そのことだけど、ケイリーとは終わったんだ。ぼくだけ先にバリから帰ってきた」

「終わった？　それって……」

「別れたってこと」ルパートはむっつりと言った。「離婚した」

自分の口がぽかんと開いたままになっていることに、ジェンナはしばらく気づかなかった。「まあ。ずいぶん早かったのね」

ルパートは肩をすくめた。「ちょっと話せるかな?」

「今、話してるじゃない」

「二人きりでだよ。頼む」

ジェンナはあたりを見まわした。マドックス・ヒル建築事務所による最新プロジェクトのひとつ、クレイン・コンベンションセンターの大宴会場を人々のざわめきが満たしている。「ルパート、わたし今夜は本当に忙しいの。タイミングも場所も、今はまずいわ」

「お願いだ。すぐにすむから。これぐらいの頼みは聞いてくれていいはずだよ。きみとぼくの仲じゃないか」

思い出したくもない仲だ。けれどここで騒ぎ立てるわけにはいかないし、どんな用件なのか知らないが、さっさと終わりにしてしまったほうがいい。あらためて会う予定をスケジュールに入れずにすむように。なんであれ、物事は迅速に処理するのが肝要だ。

ジェンナはそっとため息をつくと、ついてくるようにと手振りで示した。先に立って宴会場を出、カーブした大階段をさっさとのぼって奥まった一室へ入る。マドックス・ヒルが自社用につくった豪華な応接室だが、今夜は式典本部として使われている。今はスタッフ全員、下で仕事中だから誰もいない。

「いいわよ、ルパート」きびきびとジェンナは言った。「じきに晩餐会《ばんさんかい》が始まるわ。それが終わればウェクスラー賞の発表よ。うちが獲《と》る可能性は高いと思ってる。だから手短にお願い」

「キャリア志向は相変わらずか」

苛立《いらだ》ちをぐっとこらえた。「ええ、そうよ」答えながらジェンナは、彼の日焼けしすぎて皮がむけはじめた肌と、貧相な山羊髭《やぎひげ》に目を留めた。その顔に浮かぶ、人を見下したような気障《きざ》な表情にも。こんな人と結婚しなくて本当によかった。「話って？」

「どう言えばいいのか、うまい言葉がまだ見つからないんだが――」

「早く見つけて」

ルパートが顔を歪《ゆが》めた。「ずいぶん刺々《とげとげ》しいんだな」

ジェンナは彼をにらみすえた。「あなたがわたしの態度を責めるの？」

「まさか」ルパートは意気込んだ調子で言った。「そんなことするもんか。実はここ数週間のあいだに、自分自身について多くの発見があったんだ。きみに伝えたかったのはそのことだ」

ジェンナはうめきそうになった。何を発見したのか知らないが、そんな話を、よりによってこんなときに聞かせなくても。「今は聞いてる暇がないわ」食いしばった歯のあいだから言った。

「あれは間違いだった。ケイリーと関わったのは大間違いだった。ぼくはどうかしてた、幻を見てたんだ。肉欲とホルモンのなせる技だよ。彼女の本性に気づいてなかった」

あまりのばかばかしさに天を仰ぎたかったが、かろうじて我慢した。「そうなの。でも、よく気づいたわね?」

皮肉のつもりだったが、ルパートはそうは受け取らなかったようだ。「彼女が浮気したんだ」その声はわなないていた。「結婚式の数日後に。ヨガのインストラクターと。ハネムーン先のリゾートホテルで」

げらげら笑って、因果応報ってやつねと言ってやりたかった。でも、なんとか抑えた。「大変だったわね」ジェンナはそう言った。「さぞかしショックだったでしょう」

「きみならわかってくれると思ってた」ルパートは悲しげな目をして言った。「こんなこと言う権利、ぼくにはないかもしれないけど……今夜のきみはすばらしくきれいだ。ここまできれいなきみは初めて見たよ」

ルパートに褒められるのは妙な気分だった。ジェンナは一歩後ろへ下がった。「それはどうも……ありがとう」

「不思議なものだね。ケイリーとの愚かしい結婚とみっともない別れは、本当のきみに気づくために必要な寄り道だったのかもしれない。きみと彼女は真逆だ。そうだろう？　以前のぼくにはきみという人が見えていなかった……今ははっきりと見える。ベールは剥がれ落ちたんだ」

ジェンナはぞっとして言った。「やめて、ルパート」

「最後まで言わせてくれ。ぼくにはきみしかいない。気づくのにこんなに長くかかってしまって申し訳ない。あのときは裏切ったりして悪かった」

ジェンナはじりじりと後ずさった。「その後のわたしの動向にあなたが関心を持っていたかどうか知らないけれど、今は別の人とおつき合いしているの」用心しながら続けた。「とても真剣に」

「知ってるよ。実は、それについても話したかったんだ」ルパートの声が険しくなった。ジェンナを教え諭してやらねばと彼が勝手に思い込んだときは、この声になるのが常だった。「きみがドリュー・マドックスにぞっこんなのは知ってるよ。彼は有名人で金も持ってる。しかし、ぼくが聞いたところによると――」

「それ以上言わないで。自分の恋人にまつわる安っぽいゴシップなんて聞きたくない。しかも、よりによってあなたから聞かされるなんて、ごめんこうむるわ」

「あいつはきみを裏切るよ」

ある意味、たいしたものだ。真顔でその台詞《せりふ》が吐けるなんて。「自分が何を言ってるか、ちゃんと聞こえてる？」

「聞こえてるに決まってるだろう」ルパートはいきりたった。

ジェンナは、はっとした。今わかったが、そもそもの問題はこれだったのだ。ルパートの耳には彼自身の言葉しか入らない。ルパートとドリューの違いはそこだ。ほかにも違いは山ほどあるけれど。ドリューはわたしの言葉に耳を傾けてくれる。ルパートは一度もそれをしなかった。

「ケイリーに走ってわたしを裏切っておきながら、よくもそういうことが言えるわね」

「ぼくは過ちから学んだんだ」相変わらず高慢な口ぶりだった。「そしてぼくは悩み苦しんだ。しかし、あのドリュー・マドックスが学んだり苦しんだりするとはとうてい思えない。あちこちで読んだり聞いたりしたところでは、あの男――」

「いいかげんにして、ルパート。あなたの過ちや苦悩の話なんて聞きたくもないわ。ドリューとわたしのことにも口を出さないで」

「つらいとは思うけど、きみは現実を直視すべきだ」ますます偉そうになってきた。「真実とは痛みを伴うものだよ、ジェンナ」

「顎の骨折もかなりの痛みを伴うだろうな」

入り口近くからドリューの声が聞こえた。低く静かでありながら、すさまじい怒りをはらんだ声だった。

20

ジェンナが振り向いた。ぎょっとした顔をしている。「ドリュー?」

ドリューは、ジェンナの前に立ちはだかる男を睨《ね》めつけた。怒りのため視界に真っ赤な靄《もや》がかかり、両のこぶしが震えた。「こんなところで負け犬野郎と二人きりか? 何をしてる?」

「話があるとルパートに言われたの」ジェンナは硬い声で答えた。「ここへ来たのは、人に聞かれたくなかったからよ。リアリティショーは、もうたくさん」

ドリューはつかつかと歩いていってジェンナの背後に立った。相手が怯《ひる》み、冷や汗をかかないではいられない視線を、ルパートに向かってまっすぐに飛ばす。

「席をはずしてもらえるだろうか、ジェンナ」ドリューは言った。「彼と差しで話したいんだ」

ルパートは今や壁に張りつき、じりじりと出口へ向かって移動しはじめている。そうやって怯《おび》えていろ、腰抜けめ。ドリューは心の中でつぶやいた。

「なぜ？」ジェンナは強く言った。「あなたが彼にどんな話をするっていうの？　何もないでしょう」

「言いたいことは山ほどある——自分のフィアンセを口説こうとするやつには」ドリューはルパートに視線をすえ、どんな小さな動きも見逃すまいとした。ルパートの額が汗で光りはじめている。

「答えはノーよ」ジェンナは鋭く言った。「あなたがそんな顔をしているうちは、わたしはここを離れない」

ルパートは依然として背中を壁につけたままだが、あと少しでドアにたどり着きそうだった。「一緒に来てくれ、ジェンナ！」溺れゆく者のように手を伸ばして、彼は懇願した。「ぼくときみならきっとうまくいく！　そんな……そんな破廉恥野郎、きみにはふさわしくない！」

ジェンナは深々と息を吐いた。「消えて、ルパート。今すぐに。この建物から出ていって」

「最後のチャンスだぞ」低い声でドリューは言った。「彼女から離れろ。二度と近づくな。さもないとこの手で首をへし折るぞ」

ルパートはドアから転びでて走り去った。

しばし呆然《ぼうぜん》と立ち尽くしてから、ジェンナはくるりとドリューのほうへ体を向けた。激しく憤慨している目だった。「彼の首をへし折る？　まさか本気で言ったんじゃないわよね？」

「一言一句、本気だ。あいつはきみを口説こうとしていたんだぞ。平気なふりでもすればよかったのか？」

「違うわ！　ふりじゃなくて、平気でいればよかったのよ！　ルパートなんか問題にもならない。あなたのライバルでもなんでもない、ただの自己中男よ。彼の言い分を本気にするなんて、わたしには考えられない」

浮かんだ問いを口にする勇気を奮い起こすのに、ドリューには数秒の間が必要だった。

「ぼくは？」ついに言った。「ぼくとのことは本気なのか？」

ジェンナは虚を突かれた顔になり、そのまましばらくドリューをじっと見ていた。

「ええ」ようやく答えが返ってきた。「本気よ。誓うわ。あなたとルパートなんて、比べるのもばかばかしい」

ドリューは安堵《あんど》の息を吐いた。「じゃあ、あいつのことはなんとも思っていないんだね？」

ジェンナは信じられないというように声をたてて笑った。「ルパートのことを？　当たり前じゃない。もしかして嫉妬していたの？」

「ああ。殺意すら覚えた」

「まったく、もう。以前だって、わたしは彼を愛してなんかいなかった。愛していると自分で思い込んでいただけ。ほかに比べるものがなかったから」

「今はそれがある、ってことか？」

ジェンナの顔が赤らんだ。「それは、まあ。あなたも察しはつくでしょう」

「察しはつく。だが、察したり推し量ったりはもうたくさんだ。はっきり言葉にしてほしい」

ジェンナは長く震える息を吐いた。「今あなたに抱いているような気持ちを、ルパートに対して感じたことは一度たりともなかったわ」

その先を聞きたいのだ。「そこまではわかった。だが、まだやきもきさせられたままだ。ぼくに抱いている気持ちとは？」

ジェンナは上ずった笑い声をたてた。「今夜は容赦ないのね」

「ここへ足を踏み入れたとたん、大事な人をよその男に盗《と》られかけているのを目撃したんだ。安心させてほしいと願うのは当然じゃないか？　ぼくにその権利はあるはずだ」

「これでどうかしら？」ジェンナはドリューの首に腕を回すとキスを始めた。

いつものように世界がぐらりと揺らぎ、たちまち欲望の火が燃え上がった。ジェンナがドリューの脚に自分の脚を巻きつけ、タキシードに乳房を押しつけてきた。全身を密着させてなお、もっと近づこうと身もだえする。息もできないぐらいのキスにどちらも夢中になった。

背中にひんやりした空気を感じてジェンナが頭を上げた。ドリューがドレスのホックをはずしたのだった。

ジェンナは笑いながら体を引き、かぶりを振った。「もう、だめだったら。いつ誰が踏み込んでくるかわからない場所でわたしの服を脱がせるのは禁止。もう二度とあんな思いはしたくない。まだわたし、あのときのショックから立ち直れずにいるんだから」

ドリューはあたりを見まわした。そして彼女をトイレへ引っ張り込むと、ドアをロックして明かりをつけた。間接照明のほのかな光に、壁や床のクリーム色の大理石が柔らかく輝いた。

ジェンナは息をのむ美しさだった。夢見るような瞳、ピンク色の頬、うっすら開かれた赤い唇。ドリューは彼女を広い洗面台の上に座らせた。ひと抱えもあるミッドナイトブルーのタフタをかき分け、押しのけて、ガーターストッキングの上端から覗《のぞ》く熱い肌に手を触れる。

その手をさらに上まで滑らせ、密《ひそ》やかな場所に到達した。指を使いゆっくりと愛撫《あいぶ》すると、ジェンナは声をあげ身をくねらせて、自分の手を彼の手に重ねた。もっと、もっととねだるかのように、強くみずからに押し当てる。

ドリューは床に膝をつくと、タフタをさらに押しのけて、青いサテンのパンティを脱がせた。そうして柔らかな襞《ひだ》に唇をつけた。

そこは熱くて甘い味がした。極上の美味だった。ああ、永遠にこうしていられる。花のように自分に向けて開き、悦《よろこ》びの海にたゆたい、空高く舞い上がるジェンナ。深くて長いオーガズムを迎えるジェンナ。それを見守っているだけで、ドリューは全能感に満たされた。

余波がしだいに遠のいて、輝く笑みが彼女の顔に浮かぶまで、ドリューはそのまま動かずにいた。そこまでが限界だった。ジェンナが欲しい……今、すぐに。

ドリューは立ち上がるとズボンの前を開いた。ジェンナの両脚をすくい上げ、自分の腕にかける。彼女が肩にしがみつき、ドリューはゆっくりと入っていった。進むにつれ、彼女の爪が肩に食い込む。

密やかな部分はドリューを待ちわびていた。奥深くまで滑らかにのみ込まれ、引き、またのみ込まれる。そのつど、鋭い快感にドリューは貫かれた。ジェンナがこの世のいっさいを忘れ去って喘《あえ》いでいる。そのすすり泣くような声がたまらなかった。やがて、ドリューが刻む脈動と官能のリズムに、二人は同時に全身をわななかせて果てた。

不承不承、のろのろと体を引くと、ドリューは汗ばんだ額を彼女の額につけた。いつもながら、畏敬の念に打たれるひとときだった。

そっとジェンナを床に下ろしてから、シャツの裾をズボンにたくし込む。

「ずいぶん強く権利を主張したわね？」ジェンナの声は震えていたが、どこか笑いを含んでいた。

ドリューはすぐには答えず、洗面台で顔を洗ってから言った。「今したことがそれにあたるなら、今後も主張しつづけるぞ。ことあるごとに何度でも」

ポケットの中でスマートフォンが震えた。ザックからのメールだった。

〝ツツジの間の窓が割られた。投石だ。デザート・ビュッフェの準備中だった。ビュッフェはバラの間に変更〟

「下で何か起きたようだ。見に行かないといけない」

「わたしは身支度にもう少し時間がかかりそう。宴会場で会えるわね？」

「うん」ドリューは長々と熱いキスをしてから体を離し、ジェンナがドレスの乱れを直すのを見守った。さらに化粧直しに取りかかる彼女の輝くような美しさに、ドリューは見惚《みほ》れた。

ジェンナがからかうような笑いを浮かべて横目で彼を見た。「どこかへ行くんじゃなかった？」

くそっ。「ああ、そうだったな」ドリューはしぶしぶトイレから出ると、後ろ手にドアを閉めた。

キスをしただけで、ザックのメールが頭から飛んでしまうとは。

恋をすると集中を欠いていけない。

21

身繕いをしたあとも、ふらつかずに立てるようになるまで十分以上もジェンナは応接室にとどまっていた。心のすべてをドリューに明かしてしまった今、雲の上を歩いているような、なんだか怖いような、そんな気持ちだった。

まずまず身も心も落ち着いたところで部屋を出たものの、頬の赤みは隠しようがなかった。

この目、頬、頭を見れば、わたしとドリューがこっそり何をしていたかは誰の目にも明らかだろう。私生活をさらして他人を喜ばせることには、本当に心底嫌気が差しているのに。

「ジェンナ！　やっぱりここにいたのか」

振り返ったと同時に手首をつかまれ、ジェンナはきゃっと叫んだ。「ハロルド？　いやだ――びっくりさせないで！」

「ちょっと話があるんだ」ハロルドはそう言いながら、ジェンナの全身を眺めまわした。

「まったく、またなの？　今はやめてほしいんだけれど」ジェンナは腕を引いた。

ハロルドは手を離そうとしなかった。「すぐに終わるよ。そこの応接室なら、二人きりに――」

「お断りです」ジェンナは語気を強めた。

ハロルドは肩をすくめた。「そうか。しかしこれはやはり、きみの耳には入れておくべきだと思う。人に聞かれる恐れのないところのほうがいい。すべてきみのためなんだ。本当だ、ぼくを信じてくれ」

ハロルドを信じる？　いいえ、ありえない。「ここで結構です。早くして」

ハロルドの視線はジェンナの紅潮した頬に注がれていた。それから彼は、マスカラの滲《にじ》みの残る下まぶたを見た。さらには胸の谷間を。「さっきドリューが階段を下りていくのを見たよ。雄鶏《おんどり》みたいに胸を張ってね。きみたちが何をしていたか、想像はつく。お楽しみだったってわけだね？」

「わたしにかまわないで、ハロルド」もう一度、手を離そうと試みた。

ハロルドは手首をつかむ手に力を込めた。指が皮膚に食い込む。「きみの力になってあげると言ってるんだ」

「力になってもらう必要なんてどこにもない」

「きっとぼくに感謝するときが来る」ハロルドはスマートフォンを掲げた。

「これを見たかい？」

思わずそちらへ目をやってしまった。とたんに身がすくむ。

画面に表示されているのはドリューの写真だった。巨大なベッドに裸で寝そべっている。一見すると、安らかに眠っているかのようだ。彼を裸の女性たちが取り囲んでいる。そんな写真が次から次へと現れた。

どの写真の中でもドリューは意識を失っている。

画面に目を奪われているジェンナの顔を、ハロルドがじっと見ていた。

「これをどこで手に入れたの？　誰から、どうやって？」

「ソーベルのパーティーのこと、ドリューからどんなふうに聞かされている？」

「あなたには関係ないわ」

「ドリューが伯父貴にどう言ったかはわかってるんだ」ハロルドは言いつのる。「気絶させられて、知らないあいだに恥ずかしい写真を撮られた、そう釈明しただけなんだろう？　夜どおし何人ものコールガールとベッドでさんざん楽しんで、翌朝こっそりそこを出た、なんて話はきみも知らなかったはずだ。午前十時三十五分にソーベル邸を徒歩で出ていくドリューの姿が、監視カメラに記録されている。どうやら、夜の乱痴気騒ぎも録画されているらしい。想像してごらん。そうした映像がネットに流出したら、きみはどんな気持ちになる？」

想像すまいとした。喉に大きな石が詰まったようだった。「この話はこれでおしまいよ。さっさと行って」

「ドリューは嘘つきだ、ジェンナ。騙《だま》されちゃいけない。きみはもっと賢い女性のはずだ」

ジェンナはハロルドの指をつかんで手首から引き剥がした。ひりつく肌をさすりながら後ずさりする。「嘘つきはあなたよ」

ハロルドの表情は変わらない。「きみがぼくを信じようが信じまいが、事実は揺らがないよ。人々は写真や映像を見て判断するだろうね」

「意識のない彼の上に女性が折り重なっているだけじゃない。待ち伏せされて薬で眠らされたとドリューから聞いたわ。この写真はそれを覆す証拠にはならない」

ハロルドはかぶりを振った。「そこまであいつにのめり込んでいるとはね」憐《あわ》れむような口調だった。「どうしたらきみの目を覚まさせられるんだろう？」

「その程度じゃ、びくともしないわ」

ハロルドは肩をすくめた。「恋は盲目ってやつか。感動的だが、痛ましい。ドリューのスキャンダルにきみまで巻き込まれることはないんだ。きみには守るべき仕事も体面もあるんだから。ドリューとは距離を置いたほうがいい。ぼくを信じてくれ。きみを助けたくて言ってるんだ」

「いいえ、違う。わたしを助けてくれた人たちはこれまでもいたわ。だけどその人たちはわたしをこんな気持ちにさせなかった」

ハロルドは立ち去り、ジェンナは石になったかのように立ち尽くした。さっきまでの心の高ぶりは吐き気といやな汗に変わっている。もしも本当にあれらの写真や監視カメラの記録映像がネット上で広まれば、ドリューの社会的生命は危うくなるだろう。こうしているあいだにも、それは始まっているかもしれないのだ。ドリューに知らせなければ。

その一方でジェンナはドリューに腹を立ててもいた。タブロイド誌に載った写真以外の話を彼はしてくれていなかった。何人もの裸の女性たちと一夜を過ごし、帰ったのは翌朝だったなんて、初めて聞いた。

わたしの知ったことではないと放っておこうか。すべては二人が今みたいな仲になる前に起きたことなのだから。

でも、彼が窮地に陥るとわかっていながら、手をこまぬいていられる? 恋人のセックスビデオがYouTubeにアップされ、品性下劣な視聴者の注目の的になるとわかっていながら？　そんな恐ろしい事態になってもいいの？

　ジェンナは庭園を見下ろす窓辺にたたずみ、冷たいガラスに額をつけた。ああ、まったく。わたしはどうしてこうも男性たちに悩まされるのだろう。そういうふうに運命づけられているのだろうか。あるいは背中に大書されているの？　カモです、どうぞ騙してください、と。

　いずれにしても、ドリューに不意打ちを食らわせたくはない。だからジェンナはメールを打った。〝どこにいるの？〟

　急いで一階へ下りると、ヴァンがいた。ドリューの会社の最高財務責任者《CFO》だ。ちょうど電話を終えたところのようだった。

「ヴァン、ドリューを見なかった？」

「さっき、ザックと一緒に警備室へ向かったようだったが」

「ありがとう」スマートフォンを確かめたが、返信はなかった。〝？？〟と送信してから警備室目指して駆けだしたが、ピンヒールの足もとがぐらついた。立ち止まり、小声で毒づきながら靴を脱ぎ捨てた。かさばるスカートをかき集めて腕に抱え、また走りだす。

息せき切って警備室へ滑り込んだジェンナに、ザックが訝《いぶか》しげな顔を向けた。「ジェンナ？　どうした？　大丈夫かい？」

「ええ」肩で息をしながら答えた。「ドリューを捜してるの。メールしても返事がないんだけど」

「ちょっと前に宴会場へ戻っていったよ」ザックはそう言って、ずらりと並んだ監視カメラのモニターを示した。「見ていれば、どこかに映るかもしれない」

ジェンナは身を乗りだしてひとつひとつチェックした。ドリューの姿は現れない。だめだ。

くるりと向きを変えて出ていきかけた。が、最後に見た画面の何かが眼裏に残っている気がして、またきびすを返し、モニターに顔を近づけた。そのカメラには駐車場の一画が映っていた。長身の男性がこちらへ歩いてきて……え、待って。

これは、ハロルド？　いったい何を……？

彼のそばに車がとまった。後部座席から女性が降りる。すらりと背が高くて、ブロンドのカーリーヘアのボリュームがすごい。駐車場のオレンジ色がかった薄闇の中、目のまわりのシャドウが真っ黒に見える。彼女の腕をハロルドが取った。彼女がよろめき、車に背中をぶつける。

ふらつく女性を乱暴に引きずるようにしながらハロルドは画面外へ消えた。サブエントランスのほうへ向かったようだが、そちらは今夜は使われていないはずだ。

ハロルドは何か企《たくら》んでいる。今夜はこれ以上のサプライズはもう結構。だから、彼の企みがなんなのか、一刻も早く突き止めなければ。

スタッフに訝しげな顔を向けられてもかまわずに、ジェンナは警備室を飛びだした。ストラップを握って靴をぶら下げ、サブエントランスへ走った。誰かに何かを説明している暇など、ありはしない。

サブロビーに人気《ひとけ》はなかった。丸天井を頂く吹き抜けの中央に、今は水の止まっている噴水がある。それを取り囲むように、枝葉を茂らせた大きな観葉植物が隙間なく並んでいた。

メインの回転ドアは閉鎖されているが、脇のガラス扉が開いていた。ジェンナが鉢植えの陰の壁に張りついたとき、ガラスの向こうにハロルドたちが姿を現した。

何やら言い争いながら入ってくる。ジェンナはドレスの裾をまとめて抱えると、奥まっている女性用化粧室の入り口まで、壁伝いに後退した。

「きみの仕事はひとつだ、ティナ。たったひとつだぞ。絶対に遅れるなとあれほど言っただろう。すべてはタイミングにかかってるんだ」

「だからあ、ローレッタの男と揉《も》めたんだってば。あのアホ男が――」

「そんな話、聞きたくもない」ハロルドが唸《うな》るように言う。「さっさとしろ！」

「先にトイレに寄ってから」すねたような声だ。「妊娠中ってさあ、しょっちゅうおしっこ行きたくなるのよね。ローレッタのところからここまでって、すっごく遠かったんだから。一時間半もかかっちゃった。途中で――」

「時間がないんだ！　急げ！」

　ジェンナはそろそろと後ずさった。心臓が激しく高鳴っていた。きしまないようにと祈りながら背中でドアを押し開け、化粧室へ入る。個室へ飛び込んで鍵をかけ、便器によじのぼってうずくまった。ドレスの裾をまとめて膝の上で抱える。と、メールの着信音が鳴りだした。ああ、だめ、だめ、やめて。やっとドリューがメールを返してきたのだ……最悪のタイミングで。

　震える手でイブニングバッグからスマートフォンを引っ張りだして音を消し、ボイスレコーダーのアプリを開いた。便座の上にしゃがんでうまくバランスを取るのは難しい。じっと息を凝らしていると、ティナの靴音が化粧室へ入ってきた。

　ハロルドもついてきている。「早くしろ！　間に合わなくなったらどうするんだ！」

　ティナが大きな音をたてて個室のドアを開けた。「なんだってそんなに意地悪ばっかり言うのよ？」

「そっちはなんだってそんなに抜けてるんだ？」ハロルドが怒鳴り返した。「抜けてると言えば、ほかに人が入ってないか確かめたのか？」

「ううん」ティナが不機嫌な声で答える。

ジェンナは歯を食いしばった。ハロルドが個室のドアの下を順々に覗《のぞ》きはじめる。ドアを開けようとまではしなかったので、胸を撫《な》で下ろした。

「なんであたしがそこまで言われなきゃなんないのよ」

「こっちは金を払ってるんだ」ハロルドは冷たく言い放った。「きみとぼくのあいだにはちゃんと契約書が存在している」

「赤ちゃんもね」ティナが洟《はな》をすすり上げる。

ハロルドは苛立《いらだ》ちを募らせている。「きみは契約書にサインした。金も受け取った。依頼されたことを黙って実行すればいいんだ。ぼくに迷惑をかけないでくれ。子どもを産むも産まないもきみの勝手だ。ただしぼくを巻き込むな。きみはあいつからも金をぶんどれるんだぞ。あいつか、さもなければ伯父から。せいぜいぼくに感謝するんだな」

「あんたこそ、自分の悪巧みにあたしを巻き込んでばっかりじゃない」ティナが不服そうに言う。流された水が盛大な音をたてた。「ひどい男だわよ」水音が小さくなると彼女はそう続けた。「あたしを使っていいとこにケタミンを吸わせるなんて、正気の沙汰とは思えない。あんなに強い薬をさ。かわいそうに彼、めちゃくちゃ具合悪そうだったじゃないよ。下手したら死んでたわ。でもって今度は、大勢の前で、この人に孕《はら》まされましたって叫べって？　なんでそこまでいとこを嫌うの？　あ、もしかして、可愛《かわい》がってた子犬を殺されたとか？」

「さっさとしろ、ティナ。今さら良心を痛めたって手遅れだ」

ティナがまた乱暴にドアを開けた。ヒールを鳴らして洗面台へ向かう。「そこまでしてCEOになりたいかなあ」ジャージャー水を流して手を洗っている。「今のままでじゅうぶんだと思うけど。あんたの家も、あんたの車も見たことあるけど、すごく立派じゃないよ。お金ならたっぷり持ってるでしょ。このまま幸せに暮らさない？　赤ちゃんと三人でさ」

「そのシナリオでぼくが幸せになれると本気で考えてるのか、ティナ？　いいかげん、目を覚ませ」

ティナは水道の栓を閉め、またぐずぐずと洟をすすり上げた。

「泣くつもりじゃないだろうな。そんな暇はないんだ。口紅を直したら行くぞ！　さあ、早く！」

二人は出ていき、化粧室のドアがかちゃりと閉まった。言い争う声はしだいに遠ざかり、やがて聞こえなくなった。

詰めていた息をやっと吐くことができた。ふらつく体を壁で支えながらジェンナは床に下りた。脚ががくがく震えている。

氷のように冷たくなった指で録音データを巻き戻し、再生ボタンをクリックした。

〝間に合わなくなったらどうするんだ！〟

〝なんだってそんなに意地悪ばっかり言うのよ？〟

〝そっちはなんだってそんなに抜けてるんだ？　抜けてると言えば、ほかに人が入ってないか確かめたのか？〟

小さな声だが、内容は聞き取れた。音量を上げると、鼻にかかった特徴的な声はハロルドのものであると、はっきりわかる。よかった。

最初から最後まで、すべて録音できている。しかしドリューが窮地に陥るのを阻止するためには、宴会場にいる人々に適切なタイミングでこれを聞かせなければならない。ハロルドがとんでもない爆弾を落とす前に。

ジェンナはそっと化粧室を出ると、廊下の先をうかがい見た。彼らは角を曲がるところだった。相変わらずなじり合いながら、宴会場へ向かってハロルドがティナを引きずっていく。自分が同じルートをたどって彼らを追い越すわけにはいかない。でも先に着いて、策略になど気づいていない顔をしていたい。

となれば、いったん外へ出て、建物を周回する通路をたどりメインロビーへ戻るのがいちばん早い。

急いでサブエントランスから外へ出た。風の冷たさも敷き板の堅さも気にならなかった。ドレスの裾を片手で抱え込み、反対の手に靴をぶら下げて、ジェンナは走った。一歩ごとに靴が脚に当たって弾んだ。

メインロビーの手前で足を止め、靴を履いた。ガラスに映った自分の姿をちらりと見ると、アップスタイルだった髪が救いようのない有様になっている。もう、下ろすしかない。ピンを全部取ると、髪は肩から背中へと落ちて広がった。それを指で梳《す》きながら足早にロビーへ入る。顔は紅潮し、胸は大きく上下しているけれど、人前に出られないほど見苦しくはないはずだ。

観音開きの扉を押し開けて宴会場へ足を踏み入れる。すべての照明が演壇の司会者に向いており、会場内は暗かった。今しもウェクスラー賞受賞者が発表されるところだった。

暗がりからヴァンが現れた。気遣わしげな表情だった。「ジェンナ？　どこにいた？　発表だぞ！　チームのみんなに合流して。早く！」

ジェンナは彼の腕をつかんだ。「お願い、ヴァン、協力してほしいの。わたしのスマートフォンの録音データをこの会場の音響システムに繋《つな》いでちょうだい。今すぐに。ドリューのためなの。ドリューの危機なの。お願いだから助けて……時間との闘いなのよ」

ヴァンは目を見開いた。「わかった」彼は即答した。「データはどこにある？」

ジェンナはスマートフォンのファイルを開いて彼に手渡した。「わたしが合図したらこれを流して。化粧室の個室で録音したものなの。だから音量を最大限まで上げてね」

「……それでは、ウェクスラー賞受賞者を発表します。今年度、医用生体工学分野において最もすぐれた実績を挙げたのは……アームズ・リーチ！」

拍手喝采が会場を揺るがした。

「行くんだ！」ヴァンが耳もとで囁《ささや》く。「こっちは任せてくれ」

アームズ・リーチにあてがわれたテーブルの面々が立ち上がり、ジェンナの姿を求めて切羽詰まった視線を場内に巡らせている。

ジェンナは彼らに向かって手を振ると、前方へ急いだ。髪がぼさぼさすぎないことを祈りつつ、胸を張り、顎を上げて歩いた。さもはじめからこういう登場の仕方をするつもりだったというように。

登壇したジェンナが仲間と並ぶと、拍手と歓声がひときわ大きくなった。司会者の口上は続く。

「わたしたちは数カ月にわたり、ジェンナ・サマーズ率いるアームズ・リーチの面々の驚異的な仕事ぶりに注目してきました。彼らの熱い情熱と信念を、みなさまには映像でご覧いただきましょう。辣腕エヴァ・マドックスによる密着取材の成果を、さあどうぞ、お楽しみください！」

照明が落ち、スクリーンが浮かび上がってビデオ上映が始まった。

22

明らかにおかしい。ジェンナからの緊急事態を思わせるメールに、何度もメッセージを返しているのに返信がない。晩餐《ばんさん》の席にもいなかったし、今もアームズ・リーチのテーブルに彼女の姿はない。人々が意味ありげにちらちらドリューのほうを見る。彼が知らない何かを自分たちは知っているとでも言いたげに。

いったい何が起きているんだ？　ウェクスラー賞の発表はまもなくなのに、ジェンナがどこにもいない。式を続行してなんの意味がある？　ステージに駆け上がってマイクを奪ってやろうか。そして言うのだ。今すぐすべてを中断して、全員でジェンナの捜索を開始してくれと。そうしたい衝動をドリューが抑え込んでいると、色めき立ったようなざわめきが会場内に広がった。

いた。ジェンナだ。

キャンドル灯《とも》るほの暗い宴会場に、廊下の明るい光が一条差し込み、ジェンナの姿を浮かび上がらせている。彼女はいつの間にか髪を下ろしていた。背後の明かりに縁取られてきらめく髪は、まるで後光のようだ。その姿は力強く、清らかで、セクシーだった。天使にも、夜の女王にも見えた。なんという美しさだろうか。

彼女は無事だった。これで息ができる。

ジェンナがヴァンの腕をつかみ、耳打ちをしている。彼の手に何かを押しつけた。ざわめきがしだいに大きくなる。

「……ウェクスラー賞受賞者を発表します。今年度、医用生体工学分野において最もすぐれた実績を挙げたのは……アームズ・リーチ！」

ドリューはジェンナに向かって歩きだしたが、彼女はこちらを見ていなかった。ドリューに気づかないまま、ジェンナは登壇した。

チームメンバーと並んでステージに立つと、ジェンナは顔を紅潮させ、目を輝かせて、会場内を見わたした。

そちらへ向かってドリューがさらに歩を進めるあいだも、司会者の口上は続いた。

「……彼らの熱い情熱と信念を、みなさまには映像でご覧いただきましょう。辣腕エヴァ・マドックスによる密着取材の成果を、さあどうぞ、お楽しみください！」

ステージの照明が落とされ、スクリーンが浮かび上がった。が、そこに映しだされたのは、エヴァが編集したジェンナたちの活動のハイライト場面ではなかった。

アーノルド・ソーベルのパーティーで撮られたドリューの写真。

ドリューは愕然《がくぜん》とした。いったいどういうことだ？

人々が息をのむのがわかった。体から血の気が引いていき、背中に冷や汗が噴きだした。鼻腔《びこう》にきつい香水の匂いがよみがえり、頭が激しく痛みだした。ドリューは壇上のジェンナを見上げた。

彼女は自分の後ろのスクリーンには目もくれていなかった。まっすぐにドリューを見つめている。怒っていない、責めてもいない。驚いてさえいない目だった。ただただ切迫の色だけがそこにはあった。必死にドリューに何かを伝えようとしているかのようだった。

それがなんなのかは見当もつかなかったが、ドリューは戦慄した。こちらを破滅させようと企《たくら》む何者かは、最大の効果を生む瞬間に照準を合わせてきた。ジェンナにとってもこれほどの屈辱はない。彼女の一世一代の晴れ舞台となるはずだった今宵《こよい》は、ドリューに打ち砕かれたも同然だった。

当然ながら伯父がこちらを向いてわめいているが、ドリューは耳を傾ける気になれなかった。大切な絆《きずな》がちぎれて消えていくのを感じながら、愛する女性を見つめることしかできずにいた。

伯父の怒鳴り声が脳に届きはじめた。「……消せ！　何をもたもたしている！　早く消さんか！」

「試みてはいるのですが、どういうわけか――」

衝撃音に続いて悲鳴があがった。ドリューはそちらへ振り向いた。マルコムがパソコンを叩《たた》き落としたのだった。大理石の床に、ガラスの破片や文字キーが散乱している。

「限界だ！」伯父の大声が響きわたる。「これ以上は我慢ならん！」

宴会場の後ろのほうがふたたび明るくなり、女性が駆け込んできた。高いヒールの足もとが危なっかしい。彼女はいきなりドリューに抱きつくと金切り声で叫んだ。

「お腹にあなたの子がいるの！」

近くで見れば、覚えのある顔だった。タブロイド誌の写真の女――今まさに壇上のスクリーンに、ドリューとともに映しだされたブロンドの女。この分厚い唇、黒々と縁取られた青い目、滲《にじ》んで頬を伝うマスカラ。

アーノルド・ソーベルの家でドリューに薬を嗅がせた女に間違いなかった。

まさしくカオスだった。誰もが声高にしゃべり、あるいは叫んでいた。中でもマルコムの怒声が際立っていた。

お願いドリュー、こっちを向いて、わたしと目を合わせて、とジェンナは念じた。ティナがこぶしでドリューの胸を叩いている。ドリューがその手をとらえた。身をかがめるようにして彼女に話しかけている。何を言われたのか知らないが、ティナは顔をくしゃくしゃにして大声で泣きだした。マスカラが盛大に頬を伝う。

「その女をつまみだせ！」マルコムが怒鳴った。「見るのもおぞましいわ！　おまえもだ！」矛先はドリューに向いた。杖《つえ》で床を叩き、怒りに顔をどす黒く染めて、マルコムはわめいた。「またしても大恥をかかせてくれたな。おまえとは縁を切る！　金輪際、その面を見せるな！」

ドリューは返答すらしなかった。無言で伯父に背中を向けると、彼はジェンナを見上げた。その目は問いを投げかけていた。問いつつも、すでに答えを知っている目。

ジェンナは司会者の手からマイクを奪った。司会者は呆気《あっけ》に取られ、なされるがままだった。

「その人が身ごもっているのはドリューの子どもではありません、ミスター・マドックス」ジェンナはマイクを通してマルコムに語りかけた。「彼女はある人物から報酬を受け取って嘘をついているんです」

マルコムが目をむいて振り返った。「当然、あんたはドリューの肩を持つだろう！　あいつのことを愛しているようだからな、哀れなことに」

「証拠があります」ジェンナの声が場内に響きわたった。「この場でみなさんに聞いていただきます」

マルコムが黙った。鋭い目をしたまま、ゆっくりとジェンナのほうへ歩きだす。喧噪《けんそう》はおさまりつつあった。「証拠だと？　いったいなんだ、それは」

「ヴァン」ジェンナは声を高くした。「お願い」

キーンと高い音が一瞬耳を打ち、そのあとスピーカーから大きな声が流れはじめた。鼻にかかったハロルドの声だ。

〝……間に合わなくなったらどうするんだ！〟

〝なんだってそんなに意地悪ばっかり言うのよ？〟ティナの声も耳障りなぐらい大きい。

宴会場は水を打ったように静まり返り、誰もが化粧室でのやりとりの一言一句に聞き入った。ティナは両手で顔を覆い、いやいやをするように頭を振りながら泣きじゃくっている。

ドリューがジェンナを見上げ、かぶりを振った。どういうことだ？　と口の形だけで問う。

ジェンナは肩をすくめた。それが間違いだった。着崩れたドレスのことを忘れていた。

スーパーボウルのハーフタイムショーではあるまいし、胸がポロリは困る。だから急いで胸もとを押さえて引っ張り上げた。

〝……口紅を直したら行くぞ！　さあ、早く！〟

最後に化粧室のドアがかちゃりと閉まる音がして、再生は終わった。聴衆はいっせいに驚嘆のため息を吐いたあと、ふたたび騒々しくしゃべりはじめた。

ジェンナとドリューは互いへ注ぐ視線を動かせなかった。司会者がこちらに向かって声を張り上げていても、何を言われているのかジェンナはよくわからなかった。

「ハロルドか？」マルコムが吠《ほ》えた。「今の声はハロルドなのか？」

「はい、そうです」ジェンナはマイクを通して答えた。「ほら、彼はそこに！　じりじりと南東の出口に向かっています。逃げないで、ハロルド！　あなたとちょっと話したい人たちがいるみたい」

「逃がすな！」マルコムが怒鳴った。「なんて卑劣な……。ただではおかないぞ！」

場内はふたたび蜂の巣をつついたような騒ぎになった。ジェンナは司会者にマイクを返した。幸い相手は熟練のプロだ。群衆の誘導には長《た》けている。彼はただちに軌道修正に取りかかった。

だが矢継ぎ早に繰りだされる言葉はジェンナの耳には入らなかった。なにしろドリューがステージの真下にいて、熱い視線を送ってくるのだ。その瞳は、彼の魂そのものの輝きを放っている。

「……ミズ・サマーズ？　ミズ・サマーズ？」司会者が繰り返した。

「ジェンナ！」チームリーダーのチャールズが後ろから囁《ささや》く。「ねえ、ジェンナってば！　呼ばれてるよ！　盾を受け取らないと！」

どうにかこうにか体を動かし、顔に大きな笑みを張りつけて、ジェンナは記念の盾を受け取った。拍手の鳴りやまない会場へ向け、それを高く掲げてみせる。

現実味が薄かった。なんだか夢を見ているようだった。ジェンナは上の空のまま、それでもなんとかスピーチをこなした。何をしゃべったのか自分ではよく覚えていなくても、聞いた人はみな、心を打たれた様子だった。

なるほど……ついに、やったのだ。いろいろあったけれど、アームズ・リーチはウェクスラー賞を獲得した。勝利に酔いしれていいはずなのに、今のわたしはまともに息もできずにいる。

ステージの正面で、ティナがぐったり床に倒れ込んでいる。ホルモンの関係なのか罪の意識のせいか、あるいは芝居かはわからないけれど、もはや頭にはドリューのことしかなかった。まぶしそうにこちらを仰ぎ見ているドリューのことしか。

やがてチームのメンバーは自分たちのテーブルへ戻っていったが、ジェンナは階段を下りずにステージの端まで歩いた。真下に、ドリューが立っている。

彼が伸び上がり、ジェンナのかがめた腰を両手で持った。彼の肩に手を置くと、ドリューはジェンナの体をステージから浮かせ、自分の胸に沿わせるようにして床に下ろして、力いっぱい抱きしめた。両腕を腰にしっかりと回して、耳に唇をつける。

「驚いたよ」彼は囁いた。「大変だったね。大丈夫かい？」

「ええ、平気よ。あなたこそ、大丈夫？」

「こっちのことは気にしなくていい。ごめんよ、ジェンナ。きみの晴れ舞台だったのに、こんな騒ぎになってしまって」

ジェンナは肩をすくめた。「わたしはなんの被害も受けていないわ。賞だって獲《と》ったでしょう？　肝心なのはそこじゃない？　ハロルドの本性が暴かれて胸がすっとしたし。終わりよければすべてよし、よ」

ドリューは感に堪えないという面持ちでかぶりを振った。「よくあんなことができたね？」

ジェンナは彼の背中に腕を回して力を込めた。「運がよかったのよ。たまたま、あの場に居合わせただけ」

ドリューもジェンナを強く抱き返して耳もとに口を寄せた。「これだけは知っておいてほしい」真摯な囁きだった。「あの女たちとベッドにいたのは、ひとえに薬のせいだ。ぼくはあんなことをする人間じゃない」

ジェンナはうなずいた。「もちろんよ。ちゃんとわかってる」

ドリューは安堵《あんど》の吐息をついた。「ありがとう。信じてもらえて嬉《うれ》しいよ」

二人は固く抱き合い、ひとつになってゆらゆらと揺れていた。

ドリューがジェンナの目を覗《のぞ》き込む。「これからどうなると思う?」

「いろいろなことが変わっていくでしょうね」ジェンナは考えを巡らせた。「まずは、何かしら?」

「伯父貴はぼくと縁を切ると言った。こっちとしては絶縁上等だ。これでやっと、話は単純になった。最初からこうあるべきだったんだ。もう婚約偽装なんてしなくていい。きみの助けを借りてまで地位にしがみつく必要はなくなった。きみを愛すること以外、望みは何もない。きみに差しだせるものも、ぼく自身以外、何もないけれど」

ジェンナはわななく唇を手で押さえた。「ドリュー」そう囁くのが精いっぱいだった。

「結婚してほしい」彼は宣言した。「今度は本当に」

ふと周囲を見まわすとみんながこちらを注目していて、ジェンナは噴きだした。「ここでプロポーズ？　こんなにたくさんの人たちの前で？」

ドリューも楽しげに笑いだし、二人の笑い声が合わさった。「ごめん、ごめん。夢中になりすぎて、自分たちがいる場所を完全に忘れていた」

ジェンナは目もとを拭った。「わたし……わたし……」囁く声が途切れる。

「今すぐ答えなくてもかまわない。じっくり考えてくれればいい。ぼくはどこにも行かずに待っている。だからどうか、ぼくと結婚してほしい。決して後悔はさせないよ。きみを幸せにするためにぼくは残りの人生を生きる」

「ああ、ドリュー」

ドリューは、はっとしたようにあたりを見まわした。耳をそばだてる人たちの存在を、今さら思い出したとでもいうようだった。

「二人きりで話せる場所へ移ろうか？　この際、どこか遠いところでしばらく過ごすのもいいかもしれない。ぼくは無職になったし、アームズ・リーチだって少しのあいだならチームのみんなに任せておけるだろう？　今夜のうちに出発しよう」

「なんだって？」ざわめきの中からマルコムの大きな声がした。「おまえが無職だと？　仕事を置いてどこへ行く？」

「顔も見たくないと言ったのはあなたですよ」ドリューが言った。「だったら、どこへ行こうがぼくの自由じゃありませんか」

「子どもじみたことを言うんじゃない」マルコムの口調は相変わらずぶっきらぼうだった。「さっきの言葉は撤回する。どこへも行くな。おまえはわが社のCEOだ！」

「そもそも、この会話にあなたを交ぜた覚えはありませんが」

エヴァが進みでてきた。目を輝かせてジェンナに投げキスをしたあと、伯父に何やら耳打ちし、なだめるようなしぐさをしながら一緒にその場を離れた。

ドリューがジェンナのほうへ向き直った。熱い視線がからみ合うと、あの魔法のシャボン玉がふたたび現れて二人を包んだ。たくさんの人に取り囲まれていながら、ドリューとジェンナは二人きりだった。

ドリューが額と額をくっつけた。「どこか二人きりになれる場所へ行って、プロポーズし直そうか？」

ジェンナは泣き笑いをしながら言った。「今ここでわたしが、もちろんイエスよ、って答えたほうが時間の節約になるんじゃない？　そうすれば、もっとすてきなステージへ早く進めるわよ」

燃えるような激しいキスがドリューの答えだった。宴会場を揺るがす歓声も拍手も、彼らの耳にはまともに届いていなかった。

二人で生きていく、大事なのはそれだけだ。前途に何が待ち受けているかはわからない。それでも二人で進む。

愛が、行く手を照らしてくれるから。

訳者あとがき

女優をはじめ数々の女性と浮き名を流してきたドリュー・マドックスだが、今度ばかりは危機だった。怪しげなパーティーで裸の女たちを侍《はべ》らせ、コカインでも使っているかのように朦朧《もうろう》とした彼の写真が、週刊誌に掲載されたのだ。天才的建築家としての名声も、マドックス・ヒル建築設計事務所のCEOという地位も、吹き飛びかねないスキャンダラスな写真だった。むろん真実を写したものではなく、何者かに仕掛けられた罠《わな》だったのだが、社の創業者であり現役員でもある伯父は釈明に耳を貸さない。

途方に暮れるドリューに妹のエヴァが提案をする。問題の写真から世間の耳目をそらすため、万人が認める女性との熱愛そして婚約を、偽装しようというのだ。乗り気ではなかったドリューだが、妹の親友であるジェンナ・サマーズに会うと、彼女の容姿や仕事ぶりに心惹《ひ》かれるものを感じはじめる。生体工学の専門家として人々の役に立ちたいという強い信念のもと、アームズ・リーチという会社を興し先進的な義手の製作に打ち込む彼女は、これまでつき合ってきたどの女性とも違っていた。

一方、ジェンナにとってドリューは長らく憧れの人だった。そしてエヴァの言うとおりならば、この偽装によってアームズ・リーチの知名度も上がり、各方面からの協力も得やすくなる。患者に金銭的負担をかけることなく高性能な義手を使ってもらうためには、資金はいくらあっても足りないぐらいだからそれは助かる。

計画の遂行が決まると、早々とパパラッチの前で熱烈なキスを交わす二人。上々の滑り出し……だったはずが――。


ロマンス＋官能とサスペンスとアクション。と言えばこの人、シャノン・マッケナです。彼女の作品をこうしてｍｉｒａｂｏｏｋｓでご紹介できる日が来たこと、とても嬉《うれ》しく思っています。シャノン自身も大いに喜んでいるとのこと。なにしろ少女の頃からハーレクインの熱心な読者で、その作家たちの仲間入りをするのが夢だったそうですから。

長じてのち、歌手活動のかたわら派遣事務員として働きながら作家を目指していたシャノンは、さまざまな職場を経験しています。その中のひとつがマンハッタンにある大手建築事務所でした。書類を作成したりコーヒーを運んだりの日々、シャノンは一人の建築家に目を奪われます。すらりと背が高く肌は浅黒く、肩にかかる黒髪は官能的なまでに艶やか。深い色をしたミステリアスな瞳と優しい響きの声と、豊かな才能の持ち主。まさにハーレクインのヒーローそのもののような男性ではないでしょうか。電話のメッセージを伝える以外、言葉を交わす勇気はなかったとのことですが（のちに一目惚《ひとめぼ》れしたイタリア人男性を追ってかの国へ移り住み、結婚まで果たしたシャノンですけれどね）、このエピソードが本作に無関係なはずはありません。ヒーローを大手建築事務所CEOにしたのは、世界中のすべてのセクシーな（さすが！）建築家に敬意を表したものであると本人も述べています。

今回、ヒーローとヒロインの職業柄もあってサスペンス風味はあっさりめながら、低炭素社会に向けた最先端建築術（クロス・ラミネーテッド・ティンバーをあなたはご存じでしたか？）や、医用生体工学分野における先進的テクノロジー（手触りまで感知できる義手があるって知っていました？）など、現実的かつ専門的な知見が加味されて、一味違った楽しみ方ができる作品に仕上がっています。もちろんラブシーンはあくまで大胆、濃厚、刺激的。でありながら、そこだけが浮くことなくストーリーの流れの中にあって必然性さえ感じさせるのですから、やはりこの作家、並みの筆力ではありません。

ところで、ドリュー・マドックスの周辺にはセクシーな男性がほかにもちらほら。そしてシリーズものの著作が多いシャノン・マッケナ。となれば、おのずと期待は高まりますが、さあ、果たして……。

二〇二一年六月

新井ひろみ

訳者紹介　新井ひろみ

1959年生まれ。徳島県出身。代表的な訳書にアレックス・カーヴァのFBI特別捜査官マギー・オデール シリーズがあるほか、サンドラ・ブラウン『27通のラブレター』(mirabooks)、カサンドラ・モンターグ『終の航路』(ハーパーBOOKS) など、多数の作品を手がけている。

mira

この恋《こい》が偽《いつわ》りでも

2021年6月15日発行　第1刷

著 者　シャノン・マッケナ

訳 者　新井《あらい》ひろみ

発行人　鈴木幸辰

発行所　株式会社ハーパーコリンズ・ジャパン
東京都千代田区大手町1-5-1
03-6269-2883(営業)
0570-008091(読者サービス係)

印刷・製本　中央精版印刷株式会社

定価はカバーに表示してあります。

Printed in Japan
ISBN978-4-596-91855-0

mirabooks

消えない愛のしるしを

マヤ・バンクス
琴葉かいら 訳

夫の死後三年がたち、過去を吹っ切るために秘密の社交場にやってきたジョスリン。長年胸に秘めてきた願いを叶えようとするが、そこには夫の親友がいて…。

心があなたを忘れても

マヤ・バンクス
庭植奈穂子 訳

ギリシア人実業家クリュザンダーの子を宿したマーリーは、彼にただの〝愛人〟だと言われ絶望する。しかも追い打ちをかけるように記憶喪失に陥ってしまい…。

後見人を振り向かせる方法

マヤ・バンクス
竹内 喜 訳

イザベラが10年以上も片想いをしているのはギリシア富豪一族の次男で後見人のセロン。だがある日、彼がどこかの令嬢と婚約するらしいと知り…。

一夜の夢が覚めたとき

マヤ・バンクス
庭植奈穂子 訳

楽園のような島のホテルで職を得たジュエルはその日、名も知らぬ男性に誘惑され熱い一夜を過ごす。だが彼こそがオーナーのピアズで、彼女は翌日解雇され…。

あなたの吐息が聞こえる

マヤ・バンクス
中谷ハルナ 訳

顔を合わせれば喧嘩ばかりのウェイドから、パーティへの招待を受けたうえドレスまで贈られ、ときめくイライザ。だが、過去の悪夢が彼女の背後に忍び寄り…。

涙のあとに口づけを

マヤ・バンクス
中谷ハルナ 訳

特殊な力を持つせいで幼い頃にカルト教団につかまり、囚われの日々を送ってきたジェナ。ついに逃げ出し、アイザックという長身の男性に助けてもらうが…。

mirabooks

パワー・プレイ

ペニー・ジョーダン
細郷妙子 訳

その美貌と才能で社会的成功を収めるペパーには、ある4人の男たちへの復讐計画があった…。11年前の悲劇を乗り越えた彼女の華麗なる報復がいま、始まる。

愛の選択

ペニー・ジョーダン
加藤しをり 訳

修道院で外の世界を知らずに育ったホープ。18歳になったある日、父の代理で迎えに来た伯爵に屋敷へ連れていかれるが、彼は父への復讐を目論んでいた。

聖なる夜に、もう一度

リン・グレアム
ペニー・ジョーダン
ジュリア・ジャスティス

事故で記憶を失ったフェイスの前に現れたジャンニ。彼は驚きの事実を告げ、フェイスの心を揺さぶるが…。L・グレアム『過去をなくした天使』ほか3編を収録！

夏がくれた永遠

ペニー・ジョーダン
ダイアナ・パーマー
スーザン・マレリー

ハリエットは社長マシューに社内恋愛を誤解され、やめる代わりに彼の恋人を演じるよう提案される。P・ジョーダン『薬指の契約』ほか豪華3編を収録！

砂塵きらめく果て

ノーラ・ロバーツ
飛田野裕子 訳

セーラは父を訪ねてアリゾナの砂漠の町へやってきた。だが父は貧苦の末に死んだと知らされる。危機に遭ったところを一匹狼のガンマン、ジェイクに救われ…。

危険なビジネス

ノーラ・ロバーツ
公庄さつき 訳

カリブ海で店を営むリズだが、従業員が殺され、リズ自身も襲われた。都会から来た彼の双子の兄ジョナスは、犯人がわかるまでリズのそばにいると言い…。

mirabooks

雨の迷い子
ダイアナ・パーマー
仁嶋いずる 訳
10年前の雨の夜にテキサスの農場で拾われた天涯孤独のギャビー。恩人であり、兄同然だったボウイと再会して以来、二人の関係は少しずつ変化していき…。

傷ついた純情
ダイアナ・パーマー
仁嶋いずる 訳
唯一の肉親をなくしたグレイスへ救いの手を差し伸べたベテランFBI捜査官のガロン。誰にも言えない過去の傷を抱える彼女は、彼に惹かれていく自分に戸惑い…。

涙は風にふかれて
ダイアナ・パーマー
仁嶋いずる 訳
テキサスの名家に生まれた令嬢ベスは、ある日突然無一文の身になってしまう。手をさしのべてきたのは、苦い初恋の相手だった牧場経営者で…。

初恋はほろ苦く
ダイアナ・パーマー
仁嶋いずる 訳
隣に住む牧場主のジェイソンに憧れているケイト。ある日彼とキスを交わしたことでほのかな期待を抱くが、ジェイソンの冷たい言葉に打ちのめされる。

許されぬ過去
ダイアナ・パーマー
霜月　桂 訳
間違った結婚で、心に傷を負ったサリーナ。7年後、彼女を捨てた夫コルビーと再会を果たすが、ただ一度の夜に授かった小さな奇跡を、彼女はひた隠し…。

愛に裏切られても
ダイアナ・パーマー
霜月　桂 訳
心の扉を閉ざしてきたティピーにとって、キャッシュは初めて愛した人だった。だが、妊娠に気づいたとき、キャッシュは彼女の愛を拒絶し、去ったあとで…。

mirabooks

囚われのイヴ

アイリス・ジョハンセン
矢沢聖子 訳

死者の骨から生前の姿を蘇らせる復顔彫刻家イヴ・ダンカン。ある青年の死に秘められた真実が、新たな事件を呼びよせ…。著者の代表的シリーズ、新章開幕！

慟哭のイヴ

アイリス・ジョハンセン
矢沢聖子 訳

殺人鬼だった息子の顔を取り戻そうとする男に追われ、極寒の冬山に逃げ込んだ復顔彫刻家イヴ。満身創痍の彼女に手を差し伸べたのは、思いもよらぬ人物で…。

弔いのイヴ

アイリス・ジョハンセン
矢沢聖子 訳

殺人鬼だった息子の顔を取り戻すためイヴを拉致した男は、ついに最後の計画を開始した。決死の覚悟で挑む闘いの行方は…？　イヴ・ダンカン三部作、完結篇！

令嬢探偵ミス・フィッシャー　華麗なる最初の事件

ケリー・グリーンウッド
高里ひろ 訳

英国社交界の暮らしに退屈していた伯爵令嬢フライニー。ある日知人夫妻から異国に嫁いだ娘の様子がおかしいと相談を受け…。最強のお嬢様探偵、ここに誕生！

妄　執

エリカ・スピンドラー
細郷妙子 訳

ケイトと夫は待ち望んでいた赤ん坊を養子に迎えたが、その日を境に家族の周囲で不審なことが起こり始める。E・スピンドラー不朽のサスペンスが待望の復刊！

ガラスのりんご

ジェイン・A・クレンツ
間中恵子 訳

伯父が突然失踪した。手がかりを求めて伯父の数少ない友人エイドリアンのもとを訪ねたサラだが、謎めいたその男から、伯父とのある約束を聞かされ…。